[唐]薛用弱等◎著

曾雪梅◎编选 周璇◎译注

市井世态与盛世气度

中国出版集团 现代出版社

盛唐的回眸

"唐"是中国历史上文化、经济、政治都非常繁荣的一个朝代，同时也是一个非常迷人的字。"盛唐气象""唐人高处""汉唐风骨"……几乎每一个与"唐"有关的词，都是后人对唐代成就的真心赞美与追慕。唐人的故事、唐人的传说和唐人生活的时代样貌，对后世产生了非常大的影响，也激起后人不断的追想和探寻。

此次以"唐"为中心词，从唐人撰写、辑选或编辑的传奇文学作品中，精选了几十篇文言短篇小说，分别以"唐传奇""唐物语""唐模样"为题，编辑了这套"唐"三部曲。

"传奇"一名，源于唐代裴铏的文言小说集《传奇》。《唐传奇》分册主要收录唐人撰写的奇闻怪事，像《红线》《聂隐娘》《虬髯客传》等传世名篇。这些精彩的传奇故事，流传至今，成为后世经典的创作素材，不断被改编为各种艺术形式。比如，京剧中著名的唱段《红线盗盒》就出自《红线》；又如，《离魂记》《聂隐娘》都曾被改编成电影。

"物语"一名，来自东瀛日本的一种文学体裁，原意为故事、传说，此处借以命名《唐物语》分册。《唐物语》多取唐代的人物故事。《杜子春》曾被日本作家芥川龙之介改编为日文小说。《李卫公靖》中代神行雨的李靖，已初具被神化的模型。

《唐模样》分册中的篇章，则侧重于反映唐代的市井世相、生活常情。像《兰亭记》中对传世之书法《兰亭集序》真迹故事的记载，虚虚实实，似假亦真。《王之涣》中，王昌龄、高适、王之涣与伶人饮酒赛诗的逸事，间接地反映了唐人的风范。

如此一番，"唐传奇""唐物语""唐模样"三个词，大致从三个侧面构成了这套"唐"三部曲。恰如一位绝世佳人，三个侧面虽然不能尽数描摹她的美丽，但左顾右盼，一回眸，足可瞥见唐代文学在诗歌以外的灿烂与风情。

书中所录文言短篇，或为唐人撰写，或为唐人辑录，读者可以直面唐人的文章，感受文言的古雅简约，还可以直观了解大唐时代和唐人的生活原貌。

不过，有唐一代，毕竟距今一千余年，唐时文章，今人阅读有难度。为此，除对文本进行必要注释，还提供了流畅的现代译文，并约请专业画师绘制了插图，希望能为读者诸君提供阅读便利。

"唐"这位绝世佳人，虽尽力描摹，仍不能将其令人惊艳之处尽数展现，"唐"三部曲尽力而为，不足之处很多，恳请读者诸君指正。

编者

目录

兰亭记

何延之

原文

　　《兰亭》者，晋右军将军、会稽内史、琅邪王羲之字逸少所书之诗序也。右军蝉联美胄，萧散①名贤，雅好山水，尤善草隶。以晋穆帝永和九年暮春三月三日，宦游山阴，与太原孙统承公、孙绰兴公，广汉王彬之道生，陈郡谢安安石，高平郗昙重熙，太原王蕴叔仁，释支遁道林，并逸少子凝、徽、操之等四十有一人，修祓禊②之礼。挥毫制序，兴乐而书。用蚕茧纸、鼠须笔，遒媚劲健，绝代更无。凡二十八行，三百二十四字，有重者皆构别体。就中"之"字最多，乃有二十许个，变转悉异，遂无同者。其时遒③有神助，及醒后，他日更书数十百本，无如祓禊所书之者。右军亦自珍爱宝重此书，留付

《兰亭记》，唐何延之撰，见于唐张彦远《法书要录》卷三，宋李昉录于《太平广记》卷二百零七书二、卷二百零八书三。

① 萧散：形容举止、神情、风格等自然、不拘束，闲散舒适。

② 祓禊：古人在水边戒浴，以除不祥的一种祭祀，三国魏以前多在三月上巳，魏以后定在三月三日。

③ 遒：同"乃"。

④ 原文注"安成王谘议彦祖之孙、庐陵王胄曹昱之子、陈郡谢少卿之外孙也。与兄孝宾，俱舍家入道"。安成郡的谘议王彦祖的孙子，卢陵郡胄曹参军王昱的儿子，陈郡谢少卿的外孙。智永和兄弟王孝宾，全都出家修道。

⑤ 原文注"所退笔头，置之于大竹簏，簏受一石余，而五簏皆满"。用完的笔头，放在一个大竹箱里，竹箱能盛一石多的重物，禅师的笔头把五个竹箱都装满了。

⑥ 原文注"浙东诸寺各施一本，今有存者，犹直钱数万。孝宾改名惠欣。兄弟初落发时，住会稽嘉祥寺，寺即右军之旧宅也。后以每年拜墓便近，因移此寺。自右军之坟及右军叔荟以下茔域，并置山阴县西南三十一里兰渚山下。梁武帝以欣、永二人皆能崇于释教，故号所住之寺为永欣焉。事见《会稽志》。其临书之阁，至今尚在"。（八百多本《真草千文》）在浙东各寺各一本，现在留存的价值数万。其兄孝宾改名惠欣。兄弟二人剃度出家时都住在会稽嘉祥寺，此寺庙是王羲之旧宅。后来二人每年扫墓祭祖，因这里离得近，就搬到这里。附近有王羲之墓地，他的叔叔王荟及王氏其他人的墓地，都安置在山阴县西南三十一里处的兰渚山下。梁武帝时，惠欣、智永都信奉佛教，所以把他们住的寺庙改称永欣寺。事见《会稽志》。永禅师临书练字的阁楼至今还在。

子孙传掌。

至七代孙智永，永即右军第五子徽之之后④，俗号永禅师。禅师克嗣良裘，精勤此艺，常居永欣寺阁上临书⑤，凡三十年。于阁上临得《真草千文》，好者八百余本⑥。禅师年近百岁乃终，其遗书并付弟子辩才。辩才俗姓袁氏，梁司空昂之玄孙。辩才博学工文，琴棋书画皆得其妙。每临禅师之书，逼真乱本。辩才尝于所寝方丈梁上，凿为暗槛，以贮《兰亭》，保惜贵重，甚于禅师在日。

至贞观中，太宗以听政之暇，锐志玩书，临写右军真草书帖。购募备尽，唯未得《兰亭》。寻讨此书，知在辩才之所，乃降敕追师入内，道场供养，恩赉优洽。数日后，因言次乃问及《兰亭》，方便善诱，无所不至。辩才确称往日侍奉先师，实尝获见。自禅师殁后，荐经丧乱坠失，不知所在。既而不获，遂放归越中。后更推究，不离辩才之处。又敕追辩才入内，重问《兰亭》。如此者三度，竟靳固⑦不出。上谓侍臣曰："右军之书，朕所偏宝。就中逸少之迹，莫如《兰亭》。求见此书，劳于寤寐。此僧耆年⑧，又无所用。若为得一智略之士，以设谋计取之，庶几必获。"尚书左仆射房玄龄奏曰："臣闻监察御史萧翼者，梁元帝之曾孙，今贯魏州莘县。负才艺，多权谋，可充此使，必当见获。"太宗遂诏见翼。翼奏曰："若作公使，义无得理。臣请私行诣彼，须得二王杂帖⑨三数通。"太宗依给。

翼遂改冠微服，至洛潭，随商人船下，至于越州。又衣黄衫，极宽长潦倒，得山东书生之体。日暮入寺，巡廊以观壁画。过辩才院，止于门前。辩才遥见翼，乃问曰："何处檀越⑩？"翼乃就前礼拜云："弟子是北人，将少许蚕种来卖，历寺纵观，幸遇禅师。"寒温既毕，语议便合，因延入房内，即共围棋抚琴，投壶握槊，谈说文史，意甚相得。乃曰："'白头如新，倾盖若旧。'今后无形迹也。"便留夜宿，设缸面⑪药酒、茶果等。酣乐之后，请宾分韵赋诗。辩才探得"来"字韵，其诗曰："初酝一缸开，新知万里来。披云同落寞，步月共徘徊。夜久孤琴思，风长旅雁哀。非君有秘术，谁照不然灰。"萧翼探得"招"字韵，诗曰："邂逅款良宵，殷勤荷胜招。弥天俄若旧，初地岂成遥。酒蚁倾还泛，心猿躁自调。谁怜失群翼，长苦叶风飘。"妍蚩略

⑦ 靳固：吝惜固守。

⑧ 耆年：老年。

⑨ 二王杂帖：为东晋王羲之、王献之父子的书帖。

⑩ 檀越：施主之意。

⑪ 原文注"江东云缸面，犹河北称甕头，谓初熟酒也"。长江下游地区所说的缸面，黄河以北称为甕头，就是初熟酒，刚酿好的酒。

⑫ 梁元帝：南北朝时期梁代皇帝（552—554年在位）。梁武帝萧衍第七子，梁简文帝萧纲之弟。其所画的《职贡图》又名《番客入朝图》或《王会图》，展现南北朝时期国家间友好往来的繁盛场面。现存此图为残卷，描绘11位使者朝贡时的形象，依次为滑国、波斯、百济、龟兹、倭国、狼牙修邓至、周古柯、呵跋檀、胡密丹、白题、末国的使者。原作已失，现存宋人摹本，绢本设色，该摹本现藏于中国国家博物馆。

⑬ 响榻：又作"向拓"，古代复制书法的方法。在墙上打洞，将字帖蒙上油纸，放在洞口，利用洞外阳光透过字帖背面，以便勾摹。

同，彼此讽味，恨相知之晚。通宵尽欢，明日乃去。辩才云："檀越闲即更来此。"翼乃载酒赴之，兴后作诗。如此者数四，诗酒为务，僧俗混然。遂经旬朔。翼示师梁元帝⑫自画《职贡图》，师嗟赏不已。因谈论翰墨，翼曰："弟子先门皆传二王楷书法，弟子又幼来耽玩。今亦有数帖自随。"辩才欣然曰："明日来，可把此看。"翼依期而往，出其书以示辩才。辩才熟详之，曰："是即是矣，然未佳善。贫道有一真迹，颇亦殊常。"翼曰："何帖？"辩才曰："《兰亭》。"翼佯笑曰："数经乱离，真迹岂在？必是响榻⑬伪作耳。"辩才曰："禅师在日保惜，临亡之时，历叙由来，亲付于吾。付受有绪，那得参差！可明日来看。"及翼到，师自于屋梁上槛内出之。翼见讫，故驳瑕指颣曰："果是响榻书也。"纷竞不定。自示翼之后，更不复安于梁槛上，并萧翼二王诸帖并借留，置于几案之间。辩才时年八十余，每日于窗下临学数遍，其老而笃好也如此。自是翼往还既数，童弟等无复猜疑。

后辩才出赴灵氾桥南严迁家斋，翼遂私来房前，谓童子曰："翼遗却帛子在床上。"童子即为开门。翼遂于案上取得《兰亭》及御府二王书帖，便赴永安驿，告驿长凌愬曰："我是御史，奉敕来此，有墨敕，可报汝都督齐善行⑭。"于是善行闻之，驰来拜谒。萧翼因宣示敕旨，具告所由。善行走使人召辩才，辩才仍在严迁家，未还寺，遽见追呼，不知所以。又遣散直云："侍御须见。"及师来见御史，乃是房中萧生也。萧翼报云："奉敕遣来取《兰亭》，《兰亭》今得矣，故唤师来取别。"辩才闻语，身便绝倒，良久始苏。翼便驰驿而发。至都奏御。

太宗大悦，以玄龄举得其人，赏锦彩千段。擢拜翼为员外郎，加入五品。赐银瓶一，金镂瓶一，玛瑙碗一，并实以珠。内厩良马两疋⑮，兼宝装鞍辔，庄宅各一区。太宗初怒老僧之秘悋⑯，俄以其年耄，不忍加刑。数日后，仍赐物三千段，谷三千石，便敕越州支给。辩才不敢将入己用，回造三层宝塔。塔甚精丽，至今犹存。老僧因惊悸患重，不能强饭，唯啜粥，岁余乃卒。帝命供奉拓⑰书人赵模、韩道政、冯承素、诸葛贞等四人，各拓数本，以赐皇太子、诸王、近臣。

贞观二十三年，圣躬不豫，幸玉华宫含风殿。临崩，

⑭ 原文注"善行即窦建德之妹婿，在伪夏之时为左仆射。以用吾曾门庐江节公及隋黄门侍郎裴矩之策，举国归降我唐，由此不失贵仕，遥授上柱国，金印绶绶，封真定县公"。齐善行是窦建德妹妹的夫婿，在伪夏时期，担任过左仆射之职。之前因为用了我的曾祖庐江节公以及隋朝黄门侍郎裴矩的计谋，举国归降大唐，因此并没有失去宝贵的仕途，还被授为上柱国之职，高官显爵，被封为真定县公。

⑮ 疋：同"匹"。

⑯ 悋：同"吝"。

⑰ 拓：同"拓"。

谓高宗曰："吾欲从汝求一物，汝诚孝也，岂能违吾心耶？汝意如何？"高宗哽咽流涕，引耳而听受制命。太宗曰："吾所欲得《兰亭》，可与我将去。"及弓剑不遗，同轨毕至，随仙驾入玄宫矣。今赵模等所揭在者，一本尚直钱数万也。[18]

其辩才弟子玄素，俗姓杨氏[19]。犹居永欣寺永禅师之故房，亲向吾说。聊以退食之暇，略疏其始末。庶将来君子，知吾心之所存。付永（彭年）、明（察微）、温（抱直）、超（令叔）等兄弟[20]，其有好事同志须知者，亦无隐焉。于时岁在甲寅季春之月上巳之日，感前代之修禊，而撰此记。朝议郎行职方员外郎上柱国何延之记。

主上每暇隙，留神术艺，迹逾华圣，偏重《兰亭》。仆开元十年四月二十七日，任均州刺史，蒙恩许拜扫。至都，承访所得委曲，缘病不获诣阙，遣男昭成皇太后挽郎、吏部常选骑都尉永写本进。其日，奉日曜门宣敕，内出绢三十匹赐永。于是负恩荷泽，手舞足蹈，捧戴周旋，光骇闾里。仆跼天闻命，伏枕怀欣。殊私忽临，沉疴顿减。辄题卷末，以示后代。

[18] 原文注"人间本亦稀少，代之珍宝，难可再见。吾尝为左千牛，时随牒适越，航巨海，登会稽，探禹穴，访奇书、名僧、处士，犹倍诸郡。固知虞预之著《会稽典录》，人物不绝，信而有征"。此书帖在人间流传极少，是绝代之珍宝，难得一见。我曾任左千牛将军一职，当时拿官牒到越地，在海上航行，登上会稽山，探访禹穴，寻访奇书，拜见名僧和隐士，对此地的了解胜过其他各郡。当然知道虞预所著《会稽典录》，记录的人物很多，真实有根据。

[19] 原文注"华阴人也，汉太尉之后。六代祖佺期，为桓玄所害，子孙避难，潜窜江东，后遂编贯山阴，即吾之外氏近属、今殿中侍御史玚之族。长安二年，素师已年九十二，视听不衰"。杨氏指杨玄素，华阴人，汉太尉后代。其六代祖沈佺期为桓玄所害，其子孙逃避祸乱，流落江东。后来编入山阴的户籍，他还是我外祖父母家的亲戚，现在殿中侍御史杨玚

译文

《兰亭集序》帖，是晋朝右将军、会稽内史、原籍琅邪的王羲之（字逸少）书写的诗序。王右军承绪先业，成为以潇洒、不受拘束闻名的贤士，平素喜欢山水，尤其擅长书写草书和隶书。晋穆帝永和九年三月三日，王羲之外出做官到了山阴，与太原的孙统（字承公）、孙绰（字兴公）、广汉的王彬之（字道生）、陈郡的谢安（字安石）、高平的郗昙（字重熙）、太原的王蕴（字叔仁）、和尚支遁（字道林），以及王羲之的儿子凝之、徽之、操之等四十一人，在兰亭水边进行袚禊之礼，宴饮宾朋。席间，王羲之挥毫泼墨，创作了一篇诗序，乘兴而书。用蚕茧纸、鼠须笔书写的字，苍劲妩媚，刚劲有力，属当代独一无二，亘古未有。《兰亭集序》一共有二十八行，三百二十四字，其中重复字的字体都不一样。"之"字最多，有二十多个，变化转换的字体都不一样，没有相同的。当时如有神助，等到酒醒之后，他日又写了几十次，但都比不上三月初三修禊之日书写的。王羲之也就更加珍爱重视此序，把它留给子孙继承掌管。

传至王羲之第七代孙王智永，即王右军第五个儿子王徽之的后代，法号永禅师。禅师能继承祖上的基业，专心勤勉于书法艺术。他一直居住在永欣寺的阁楼上临摹前人的书法，经过三十年，永禅师在阁楼上临摹的《真草千文》，其中好的有八百多本。永禅师年近百岁而终，把遗书及其作品一起交给了他的弟子辩才。辩才俗家姓袁，是梁代司空袁昂的玄孙。他博学多才，擅作诗文，琴棋书画样样皆通，均能达到其神奇之处。每次临摹永禅师的书法，他都能够以假乱真。辩才曾经在睡房的房梁上凿了一个暗藏的木架，用以隐藏《兰亭集序》帖，他对于此帖的爱惜及珍重，甚至超过了永禅师在世所为。

到了贞观年间，唐太宗在听政之余，立志于收藏书法佳作，临摹王羲之的真迹。征求募得的书帖全都齐备，只是没有《兰亭集序》帖。太宗在寻找打听此书的过程中，知道在辩才师的住处有一本，就降旨召他入宫，在宫里做道场，由皇家供养，恩赐优厚。几天以后，在言语间，太宗就问到了《兰亭集序》帖，适宜地循循善诱，用尽各种方法讨要这幅字帖。可辩才师坚持说以前侍奉先师时，确实看见过，但自从永禅师去世之后，几经祸乱，就丢失了，至今不知它在何处。这样，因为太宗并没有从辩才师处得到《兰亭集序》帖的消息，就把辩才师放归越中了。此后又多次推求探究，还是认定此帖不离辩才的住处。于是，太宗又宣诏召辩才入宫，再次问起《兰亭集序》帖的去处。如此反复三次，辩才师竟然还吝惜固守此帖，不肯拿出来。太宗对左右侍臣说："王右军的

书帖，朕特别喜爱，在他的所有真迹之中，没有比得上《兰亭集序》帖的。我无时无刻不想求得此书帖。这个和尚年岁已老，又没有什么用处。如果得到一有才略之人，以计智取，一定会得到此帖。"尚书左仆射房玄龄启奏道："我听说监察御史萧翼，他是梁元帝的曾孙，原籍为魏州莘县。他富有才华和技艺，多计谋，可以执行此项任务，一定能见到并得到这幅字帖。"太宗召见了萧翼。萧翼奏道："如果当作公务来完成此事，从道义上讲，定无得到之理。臣请求陛下，让我以私人的身份到他那里去完成此事，需要多幅二王的字帖来获取信任。"太宗答应了萧翼的要求。

萧翼换了帽子和衣服，来到洛阳，随着商人的船一路南下，到达越州，又穿上黄色的衣衫，宽大随意，打扮得像山东书生的样子。日暮之时，他走入寺庙的巡廊处，观赏壁画。他路过辩才的院子时，停在了门前。辩才远远地看见了萧翼，问道："施主从哪里来？"萧翼便上前行礼道："弟子是北方人，带有一些蚕种来卖，经过寺院，便进来看看，有幸遇到禅师。"二人寒暄，言语投契，辩才便把萧翼请入房内，随即二人一同下棋、抚琴、投壶、握槊，谈说文史，意趣相投。辩才说："'白头如新，倾盖若旧'，今后不用拘礼。"说完，他便让萧翼留下来过夜，摆上新酿的酒和用各种药材配制的酒，以及茶水果品等来款待他。畅饮玩乐之后，辩才请客人分韵赋诗。辩才拈得"来"字韵，所作的诗歌为："初酝一缸开，新知万里来。披云同落寞，步月共徘徊。夜久孤琴思，风长旅雁哀。非君有秘术，谁照不燃灰。"萧翼拈得的是"招"字韵，所作的诗歌为："邂逅款良宵，殷勤荷胜招。弥天俄若旧，初地岂成遥。酒蚁倾还泛，心猿躁自调。谁怜失群翼，长苦叶风飘。"二人对于诗歌的审美标准大致相同，彼此讽诵玩味，相见恨晚。通宵尽欢，到了第二日，萧翼才离开。辩才说："施主有空的时候就来一起饮酒玩乐。"之后，萧翼就带着酒过来赴约，酒后又作起诗来。如此多次，二人都把作诗、喝酒当作要务，僧俗浑然一体。这样，二人交往了月余。不久，萧翼拿出梁元帝亲笔画的《职贡图》给辩才禅师看，禅师看后，赞赏不已。二人又谈论文章书画，萧翼说："弟子的家门都传习二王的楷书，弟子自幼也是专心研习，沉浸其中。现在我有几幅字帖，随身带着。"辩才高兴地说："你明日来，我们一起欣赏。"萧翼如期而至，拿出了二王的字帖给辩才看。辩才仔细地观看，然后说："真迹是真迹，但不是最好的。贫僧有一幅真迹，很是不同寻常。"萧翼说："是什么帖？"辩才回答："《兰亭集序》帖。"萧翼假装笑道："经过了那么多次祸乱，真迹怎么可能还在，肯定是用向拓之法伪造的。"辩才说："永禅师在世之时，非常保护爱惜，临终之际，详细述说它的由来，亲自把这幅字帖给我。他还非常有条理地嘱托给我，哪里会出现失误？明天你来看看！"等到第二天，萧翼来到，辩才从屋梁上的暗槛内取出《兰亭集序》帖。萧翼见后，故意指出其缺点，说："果然是向拓本。"二人争论不休。辩才自从把《兰亭集序》帖拿给萧翼看之后，就不再把它藏在屋梁上的暗槛中，而是与从萧翼处借来的二王的其他帖子一并放在桌子上。辩才当时八十多岁了，每天在窗下临摹学习数遍，可见他老了还很好学。从此，萧翼又多次往来于寺庙，寺里童子以及辩才师的徒弟也不再猜疑了。

后来有一天，辩才到灵汜桥南严迁的家中作法事，萧翼就偷偷地来到辩才的房前，对他的弟子说："我把手绢遗落在床上了。"弟子随即为他打开房门。萧翼就从桌子上拿起《兰亭集序》帖及帝王府库的二王书帖，赶往永安驿，告诉驿长凌愬："我是御史，奉皇命来此，今有皇帝手令，快快回报你们的都督齐善行。"齐善行听到之后，立即骑马飞奔，前来拜见。萧翼宣布了帝王的诏令，把情况全都告诉了他。齐善行差人召辩才来。此时辩才仍在严迁家，未回寺庙，突然见到有人追呼，不知道原因何在。善行又派侍从官说："侍御史要见你。"

等到辩才来到，看见御史，原来是好友萧翼。萧翼告诉他说："奉皇帝令，我来取《兰亭集序》帖，《兰亭集序》帖今已拿到，特意召唤辩才师前来作别。"辩才听到这话，心中恸极而昏倒，过了很长时间才苏醒过来。之后，萧翼乘着驿马出发，到了京都，向皇帝奏报。

唐太宗非常高兴，房玄龄因为举荐萧翼有功，赏得织锦千段。太宗提拔拜授萧翼为员外郎，加五品，赐银瓶、金镂瓶、玛瑙碗各一只，并装满了珍珠，还赐给宫内马厩中的良马两匹，配有用珠宝装饰的鞍辔，宅院与庄园各一座。太宗刚开始因为辩才密而不说《兰亭集序》帖的去处而生气，又考虑其年老，不忍心对他施以刑罚。几天之后，仍然赐给辩才丝绸三千段、谷子三千石，下令让越州府衙支给他。辩才不敢占为己有，反而用这些财物建造了三层宝塔。宝塔非常精美华丽，至今犹存。辩才因为担惊受怕而得了重病，不能进食，只能喝一些粥，一年多就去世了。皇帝让供奉摹写书籍文字的书法家赵模、韩道政、冯承素、诸葛贞四人，每人摹写几本，分别赐给了皇太子、各位王爷以及近臣。

贞观二十三年，天子有疾，住在玉华宫含风殿。驾崩之前，太宗对高宗说："我想向你求得一样东西，你是诚孝之人，怎么能够违背我的心意呢？你意下如何？"高宗此时哽咽流涕，低头俯耳，聆听太宗的命令。太宗说："我想拥有的那幅《兰亭集序》帖，可与我同葬。"等到太宗驾崩之时，《兰亭集序》帖便随着皇帝一起被埋葬了。现在赵模等人所临摹的字帖，一本还值几万文钱。

辩才的弟子玄素，俗家姓杨，还住在永欣寺永禅师的房间，他亲自向我诉说了这件事情的始末。为了消遣退休之后的闲暇，我大概梳理了事情的经过。但愿以后的诸位君子，能够知道我的心意。把此文交给永、明、温、起等兄弟，其中有共同爱好、共同志趣，需要知晓这件事的人，也没有隐瞒。于甲寅年季春三月，上巳之日，因感《兰亭集序》书写之事，而写此记。朝议郎行职方员外郎上柱国何延之记。

后记

皇上每到空闲之时，关注艺术之事，更加关心王羲之遗留下的书法，更偏重《兰亭集序》帖。我在开元十年四月二十七日，任均州刺史，蒙皇恩特许拜祭先人，到了都城，访得了此事的经过。因为生病，我不能赴朝堂之上，便派了儿子昭成皇太后的挽郎，吏部常选骑都尉何永写本入朝。当天，黄门官奉旨宣诏，宫内拿出三十匹绢赐给何永。何永因承受皇上的恩泽而手舞足蹈，左呼右拥，应酬不断，尽人皆知。我局促不安地接受皇帝的命令，虽然卧病在床，但心怀喜悦。皇帝的特别恩宠忽然降临，重病顿时减轻不少。于是提笔写成此记，留给后人看。

裴伷先

牛肃

工部尚书裴伷先，年十七，为太仆寺丞。伯父相国炎遇害，伷先废为民，迁岭外。伷先素刚，痛伯父无罪，乃于朝廷上封事①请见，面陈得失。天后大怒，召见，盛气以待之，谓伷先曰："汝伯父反，干国之宪，自贻伊戚②，尔欲何言？"伷先对曰："臣今请为陛下计，安敢诉冤？且陛下先帝皇后，李家新妇。先帝弃世，陛下临朝。为妇道者，理当委任大臣，保其宗社。东宫年长，复子明辟，以塞天人之望。今先帝登遐未几，遽自封崇私室，立诸武为王，诛斥李宗，自称皇帝，海内愤惋，苍生失望。臣伯父至忠于李氏，反诬其罪，戮及子孙。陛下为计若斯，臣深痛惜。臣望陛

《裴伷先》出自唐牛肃撰志怪集《纪闻》，宋李昉录于《太平广记》卷一百四十七定数二。

① 上封事：《资治通鉴》卷二〇三则天皇后光宅元年记载，"裴炎弟子、太仆寺丞伷先，年十七，上封事，请见言事"。上封事，即上呈密封的奏章。

② 自贻伊戚：自己招致祸患。

下复立李家社稷，迎太子东宫。陛下高枕，诸武获全。如不纳臣言，天下一动，大事去矣。产、禄之诚[3]，可不惧哉！臣今为陛下计，能用臣言，犹未晚也。"天后怒曰："何物小子，敢发此言！"命牵出。佃先犹反顾曰："陛下采臣言实未晚。"如是者三。天后令集朝臣于朝堂，杖佃先至百，长隶瀼州[4]。佃先解衣受杖，笞至五十而佃先死，数至九十八而苏，更二笞而毕。佃先疮甚，卧驴舆中，至流所，卒不死。

在南中数岁，娶流人[5]卢氏，生男愿。卢氏卒，佃先携愿潜归乡。岁余事发，又杖一百，徙北庭[6]。货殖五年，致资财数千万。佃先贤相之侄，往来河西，所在交二千石。北庭都护府城下，有夷落万帐，则降胡也。其可汗礼佃先，以女妻之。可汗唯一女，念之甚，赠佃先黄金马牛羊甚众。佃先因而致门下食客常数千人。自北庭至东京，累道致客，以取东京息耗[7]。朝廷动静，数日佃先必知之。

时补阙李秦授[8]寓直中书，进封事曰："陛下自登极，诛斥李氏及诸大臣。其家人亲族，流放在外者，以臣所料，且数万人。如一旦同心招集为逆，出陛下不

③ 产、禄之诚：指西汉初年的诸吕之乱。产即吕产，禄即吕禄。吕后死了之后，二人掌握实权，打压异己，遭到强烈反抗，导致灭亡。

④ 瀼州：今广西边境地区。

⑤ 流人：因犯罪而流放到远地的人。

⑥ 北庭：唐时称西域为北庭。

⑦ 息耗：音信，消息。

⑧ 李秦授：武则天时期的一个官吏，以告密出名。

意，臣恐社稷必危。谶曰：'代武者刘。'夫刘者流也。陛下不杀此辈，臣恐为祸深焉。"天后纳之。夜中召入，谓曰："卿名秦授，天以卿授朕也。何启予心！"即拜考功员外郎，仍知制诰，敕赐朱绂，女伎十人，金帛称是。与谋发敕使十人于十道，安慰流者。（其实赐墨敕^⑨与牧守^⑩，有流放者杀之。）敕既下，仙先知之。会宾客计议，皆劝仙先入胡，仙先从之。

日晚，舍于城外。束装时，有铁骑果毅二人，勇而有力，以罪流，仙先善待之。及行，使将马牛橐驼^⑪八十头，尽装金帛。宾客家僮从之者三百余人。甲兵备足，曳犀超乘者半。有千里足马二，仙先与妻乘之。装毕遽发，料天晓人觉之，已入虏境矣。既而迷失道，迟明，唯进一舍，乃竟驰驼。既明，候者言仙先走，都护令八百骑追之，妻父可汗又令五百骑追焉，诫追者曰："舍仙先与妻，同行者尽杀之，货财为赏。"追者及仙先于塞，仙先勒兵与战，麾下皆殊死。日昏，二将战死，杀追骑八百人，而仙先败。缚仙先及妻于橐驼，将至都护所。既至，械系阱中。具以状闻。待报而使者至，召流人数百，皆害之。仙先以未报，故免。天后度

⑨ 墨敕：由皇帝亲笔书写，不经外廷盖印而直接下达的命令。

⑩ 牧守：州郡的长官。

⑪ 橐驼：骆驼。

流人已死，又使使者安抚流人曰："吾前使十道使安慰流人，何使者不晓吾意，擅加杀害，深为酷暴。其辄杀流人使，并所在锁项，将至害流人处斩之，以快亡魂。诸流人未死，或他事系者，兼家口放还。"由是仙先得免，乃归乡里。

及唐室再造，宥裴炎，赠以益州大都督。求其后，仙先乃出焉，授詹事丞。岁中四迁，遂至秦州都督，再节制桂、广。一任幽州帅，四为执金吾，一兼御史大夫，太原京兆尹、太府卿，凡任三品官向四十政。所在有声绩，号曰"唐臣"。后为工部尚书、东京留守，薨，寿八十六。

▌译文

工部尚书裴仙先，十七岁，担任太仆寺丞。他的伯父是前相国裴炎，被杀害。裴仙先被废为平民，放逐到五岭之外。仙先向来刚直不阿，痛惜伯父本来无罪，就在朝廷呈上了密封的奏章，请求皇帝接见，当面向皇帝陈述得失。武后大怒，召见了裴仙先，非常生气，对他说："你的伯父谋反，违反国家法令，自然留下祸患，你有什么话想说？"裴仙先回答说："我今天来谒见陛下，是要为陛下筹谋，又怎么敢诉说冤情呢？况且陛下您是先帝的皇后，李家的新媳妇。先帝离开人世，陛下主持朝政。作为妇道人家，理应把国家大事委任给大臣，保护好李家的宗庙和社稷。太子年长，应该恢复其帝王之位，让其掌管朝政，来满足先帝的愿望。但现在先帝驾崩没多久，陛下马上私自加封了自己的党羽，封了很多武姓诸侯王，诛杀排斥李家宗室，自称皇帝，四海之内皆为此而感到怨恨，百姓对您大失所望。我的伯父对李家最为忠心，反被诬陷有罪，就连他的子孙也被杀害。陛下如果像这样来为国家筹谋，我会深深地感到痛惜。我希望陛下能重新恢复李家的宗室社稷，迎太子回东宫。陛下就可以高枕无忧，武氏一族也会保全。如果陛下不接受我的意见，天下一旦有异动，陛下就会彻底失败。西汉诸吕之乱的教训，您能不惧怕吗？我现在为陛下筹谋，陛下如果能采纳我的建议，还为时未晚。"武后大怒："你是什么东西，胆敢说这样的话。"她命人把裴伷先拉出去。裴伷先仍然回头对武后说："陛下如果能采纳我的建议，还为时未晚。"裴伷先像这样说了好几次。最后，武后下令把朝中大臣召集在朝堂之上，罚裴伷先杖刑一百，流放到瀼州做奴隶。裴伷先脱下衣服受杖刑，当打到五十杖时，就昏死过去，当打到九十八杖时，又醒了过来，结果又打了两杖才结束。裴伷先伤势非常严重，躺在驴车里，到了流放之地，最终还是活了下来。

在岭南几年，裴伷先娶了一个被流放的卢家的女儿为妻，生下一个男孩儿，叫愿。后来，卢氏去世，裴伷先带着愿，偷偷地回到家乡。几

年后被发现了，裴伷先又获杖刑一百，被流放到北庭。裴伷先在北庭做
了五年买卖，得到家产几千万。裴伷先是贤相裴炎的侄子，往来在河西
地界，每年都向当地官府上交二千石粮食。北庭都护府的城下，有上万
个少数族群的帐篷，那些是投降大唐的西域胡人。他们的可汗对裴伷先
很尊敬，并把女儿嫁给了裴伷先。可汗只有一个女儿，因此特别疼爱，
就赠予裴伷先很多黄金、马匹和牛羊。裴伷先因此招致门下的食客常常
达到几千人。从北庭到东京，一路上接连安排门客来打探东京的消息。
朝廷里如有情况，几日之后，裴伷先就一定会知晓。

　　当时补阙李秦授为寓直中书，上奏秘密奏章说："陛下自从登上皇
位以来，诛戮了不少李家的人和大臣。被流放在外的家人和亲戚，依我
估计，有几万人。如果他们同心协力聚到一起，出其不意谋反，恐怕社
稷一定会遇到危险。有预言说：'代武者刘。'那'刘'就是'流亡'
之'流'。陛下如果不杀这些人，恐怕这祸患就太大了。"武后采纳了
李秦授的意见，这天半夜时，召他入了宫，对他说："你的名叫秦授，
就是上天把你授给我的意思，真是启发了我！"武后随即任命李秦授为
考功员外郎，仍兼任知制诰之职，并下令赏赐给他红色官服、美女十人
和相当的金银丝帛。李秦授与武后密谋派十个特使到十个道，来安抚
劝慰那些被流放的人。（实际却把亲笔书写的诏令传达给牧守，把那些
被流放的人杀掉。）命令下达之后，裴伷先知道了，他召集宾客聚在一

起计划商议。大家都劝裴伷先到胡人的领地去，裴伷先听从了他们的意见。

当天晚上，裴伷先一行人住在城外。收拾行装准备出发，当时有两个人要跟着他，这二人之前是精锐强悍的骑兵，果敢坚毅，勇猛有力，因获罪被流放，裴伷先对他们很好。等到出发之时，裴伷先就让他们带着八十匹马、牛和骆驼，驮满了金银玉帛。随从的宾客、家童等也有三百多人。铠甲兵器准备充足，披着犀牛皮作为铠甲的勇士有一半。还有两匹千里马，裴伷先与妻子各骑一匹。整装完毕就立刻出发了，估计天亮人们觉察之时，一干人已经进入胡人的领地了。然而不久，他们就迷了路，天将亮时，只行了三十多里，最后竟驾着车马、驮着东西飞驰起来。天亮之后，巡逻的哨兵告诉都护说，裴伷先跑了，都护就派了八百名骑兵前去追赶。裴伷先的岳父可汗又命令五百名骑兵追赶，并下令说："你们放了裴伷先和他妻子的性命，把同行的人都杀了，缴获的钱财都赏给你们。"追兵在边界追上了裴伷先。裴伷先指挥手下与他们交战，与追兵进行了殊死搏斗。傍晚之时，那两个被流放的骑兵战死了，但也杀了追兵八百人，裴伷先战败。追兵把裴伷先和他的妻子缚在骆驼上，带到了都护府。到达之后，又给他们戴上手铐、脚镣，囚禁在一个大坑中。都护将情况向上汇报。正等候批准处决之时，朝廷的使者就到了，把几百个被流放的人聚到一起，全都杀死了。裴伷先因为还没有等到批复，逃过一劫，未被杀死。武后推测被流放的人都已经死了，又派使臣安抚被流放的人说："我之前派了十个道的特使去安抚被流放的人，不知道为什么使者没有明白我的意思，擅自杀害了那些流人，太残酷暴虐了。把那些独断专行杀害流人的特使就地囚禁起来，带到杀害流人的地方处以斩刑，使亡魂得到安慰。那些没有死的流人，或者因为其他事受到牵连的，连同他们的家人一起被放还。"因此，裴伷先才得以免死，回到家乡。

等到唐朝再次恢复李氏王朝，裴炎平反，被追赠为益州大都督。寻找他的后人时，裴伷先才现身，被任命为詹事丞。裴伷先一年中四次升迁，一直升到秦州都督，指挥管辖桂、广两地。此后又做了一任幽州帅、四任执金吾、一次兼御史大夫，后又被任命为太原京兆尹、太府卿，在三品官任上近四十年。裴伷先在任上享有名声政绩，号为"唐臣"。后来，裴伷先又任工部尚书、东京留守。去世时，享年八十六岁。

吴保安

牛肃

原文

吴保安，字永固，河北人，任遂州方义①尉。其乡人郭仲翔，即元振从侄也。仲翔有才学，元振将成其名宦。会南蛮作乱，以李蒙为姚州都督，帅师讨焉。蒙临行，辞元振。元振乃见仲翔，谓蒙曰："弟之孤子，未有名宦。子姑将行，如破贼立功，某在政事，当接引之，俾其縻薄俸也。"蒙诺之。仲翔颇有干用，乃以为判官，委之军事。

至蜀。保安寓书于仲翔曰："幸共乡里，籍甚风猷②，虽旷不展拜，而心常慕仰。吾子国相犹子，幕府硕才，果以良能，而受委寄。李将军秉文兼武，受命专征，亲绾大兵，将平小寇。以将军英勇，兼足下才能，

《吴保安》出自唐牛肃撰志怪集《纪闻》，宋李昉录于《太平广记》卷一百六十六气义一。

① 遂州方义：今四川遂宁。

② 风猷：指人的风采品格。

师之克殄，功在旦夕。保安幼而嗜学，长而专经。才乏兼人，官从一尉。僻在剑外，地迩蛮陬③，乡国数千，关河阻隔。况此官已满，后任难期。以保安之不才，厄④选曹⑤之格限，更思微禄，岂有望焉！将归老丘园，转死沟壑。侧闻吾子急人之忧，不遗乡曲之情。忽垂特达之眷，使保安得执鞭弭，以奉周旋，录及细微，薄沾功效。承兹凯入，得预末班。是吾子丘山之恩，即保安铭镂之日。非敢望也，愿为图之。唯照其款诚，而宽其造次。专策驽蹇，以望招携。"仲翔得书，深感之。即言于李将军，召为管记。未至而蛮贼转逼。李将军至姚州，与战破之。乘胜深入蛮，覆而败之。李身死军没，仲翔为虏。蛮夷利汉财物，其没落者，皆通音耗，令其家赎之，人三十匹⑥。

保安既至姚州，适值军没，迟留未返。而仲翔于蛮中，间关致书于保安，曰："永固无恙，顷辱书未报，值大军已发，深入贼庭，果逢挠败，李公战没，吾为囚俘。假息偷生，天涯地角。顾身世已矣，念乡国窅然⑦。才谢锺仪⑧，居然受絷；身非箕子⑨。且见为奴。海畔牧羊，有类于苏武⑩；宫中射雁，宁期于李陵⑪。吾自陷

③ 蛮陬：泛指南方边远地区人民聚居处。

④ 厄：为难。

⑤ 选曹：官名。主铨选官吏事。

⑥ 根据下文内容，是求绢三十匹。

⑦ 窅然（yǎorán）：怅然若失的样子。

⑧ 锺仪：即"钟仪"，春秋时期楚人，曾为郑获，被献于晋，有记载的最早的古琴演奏家。

⑨ 箕子：商朝人，名胥余，生卒年不详。官至太师，纣王无道，屡谏不听，被囚，乃佯狂为奴。武王灭殷，箕子率五千人避往朝鲜为君。也被称为"箕伯"。

蛮夷，备尝艰苦，肌肤毁剔，血泪滂沱。生人至艰，吾身尽受。以中华世族，为绝域穷囚。日居月诸，暑退寒袭。思老亲于旧国，望松楸于先茔。忽忽发狂，膈臆⑫流恸，不知涕之无从。行路见吾，犹为伤愍。吾与永固，虽未披款，而乡里先达，风味相亲。想睹光仪，不离梦寐。昨蒙枉问，承间便言。李公素知足下才名，则请为管记。大军去远，足下来迟。乃足下自后于戎行，非仆迟遗于乡曲也。足下门传馀庆，天祚积善，果事期不入，而身名并全。向若早事麾下，同参幕府，则绝域之人，与仆何异？吾今在厄，力屈计穷。而蛮俗没留，许亲族往赎。以吾国相之侄，不同众人，仍苦相邀，求绢千匹。此信通闻，仍索百缣。愿足下早附白书，报吾伯父，宜以时到，得赎吾还。使亡魂复归，死骨更肉，唯望足下耳。今日之事，请不辞劳。若吾伯父已去庙堂，难可谘启，即愿足下，亲脱石父，解晏婴之骖⑬；往赎华元，类宋人之事⑭。济物之道，古人犹难。以足下道义素高，名节特著，故有斯请，而不生疑。若足下不见哀矜，猥同流俗，则仆生为俘囚之竖，死则蛮夷之鬼耳，更何望哉！已矣，吴君，无落吾事！"

⑩苏武：字子卿，杜陵（今陕西西安东南）人，西汉大臣。武帝时为郎。天汉元年（前100）奉命以中郎将持节出使匈奴，被扣留。匈奴贵族多次威胁利诱，欲使其投降。后将他迁到北海（今贝加尔湖）边牧羊，历尽艰辛，留居匈奴十九年，持节不屈。至始元六年（前81），方获释回汉。

⑪李陵：字少卿，西汉时人，李广之孙。汉武帝时，任骑都尉。天汉二年（前99），率五千步兵，力战匈奴十余万人，终因寡不敌众，力竭而降，武帝怒而诛其全家。李陵居匈奴二十余年后去世。

⑫膈臆：因愤怒或哀伤而气郁结。

⑬亲脱石父，解晏婴之骖：石父即越石父，春秋时齐国人。齐相晏婴解左骖赎之于缧绁之中，归而久未延见，越石父以为辱己，要求绝交，晏婴谢过，延为上客。

⑭往赎华元，类宋人之事：华元，春秋时期宋国大臣，官至大夫。宋文公四年（前607），郑奉楚命伐宋，他与乐吕抵御失败，被俘。宋以兵车百乘、文马百驷赎他，赎物才送一半，他即逃归。宋文公十六年（前595），杀未假道而经宋境的楚国使者，于是楚围宋都。次年，夜入楚师，与楚讲和。

保安得书，甚伤之。时元振已卒，保安乃为报，许赎仲翔。仍倾其家，得绢二百疋[15]往。因住巂州[16]，十年不归，经营财物，前后得绢七百疋，数犹未至。保安素贫窭，妻子犹在遂州，贪赎仲翔，遂与家绝。每于人有得，虽尺布升粟，皆渐而积之。后妻子饥寒，不能自立，其妻乃率弱子，驾一驴，自往泸南，求保安所在。于途中粮尽，犹去姚州[17]数百里。其妻计无所出，因哭于路左，哀感行人。时姚州都督杨安居乘驿赴郡，见保安妻哭，异而访之。妻曰："妾夫遂州方义尉吴保安，以友人没蕃，丐而往赎，因住姚州。弃妾母子，十年不通音问。妾今贫苦，往寻保安，粮乏路长，是以悲泣。"安居大奇之，谓曰："吾前至驿，当候夫人，济其所乏。"既至驿，安居赐保安妻钱数千，给乘令进。安居驰至郡，先求保安。见之，执其手升堂，谓保安曰："吾常读古人书，见古人行事，不谓今日亲睹于公。何分义情深，妻子意浅，捐弃家室，求赎友朋，而至是乎！吾见公妻来，思公道义，乃心勤仁[18]，愿见颜色。吾今初到，无物助公，且于库中假官绢四百匹，济公此用。待友人到后，吾方徐为填还。"保安喜，取其绢，令蛮中通信者持往。向二百日，而仲翔至姚州，形状憔悴，殆非人也。方与保安相识，语相泣也。

安居曾事郭尚书，则为仲翔洗沐，赐衣装，引与同坐，宴乐之。安居重保安行事，甚宠之。于是令仲翔摄治下尉。仲翔久于蛮中，且知其款曲，则使人于蛮洞市女口十人，皆有姿色。既至，因辞安居归北，且以蛮口赠之。安居不受，曰："吾非市井之人，岂待报耶！钦吴生分义，故因人成事耳。公有老亲在北，且充甘脆⑲之资。"仲翔谢曰："鄙身得还，公之恩也；微命得全，公之赐也。翔虽瞑目，敢忘大造！但此蛮口，故为公求来，公今见辞，翔以死请。"安居难违，乃见其小女，曰："公既频繁有言，不敢违公雅意。此女最小，常所钟爱，今为此女，受公一小口耳。"因辞其九人。而保安亦为安居厚遇，大获资粮而去。

仲翔到家，辞亲凡十五年矣。却至京，以功授蔚州录事参军，则迎亲到官。两岁，又以优授代州户曹参军。秩满，内忧，葬毕，因行服墓次⑳。乃曰："吾赖吴公见赎，故能拜职养亲。今亲殁服除，可以行吾志矣。"乃行求保安。而保安自方义尉选授眉州彭山丞，

⑲ 甘脆：美味的食品。

⑳ 行服：谓穿孝服居丧。墓次：葬址，茔地。

仲翔遂至蜀访之。保安秩满不能归，与其妻皆卒于彼，权窆[21]寺内。仲翔闻之，哭甚哀，因制缞麻。环绖加杖。自蜀郡徒跣，哭不绝声。至彭山，设祭酹毕，乃出其骨，每节皆墨记之[22]，盛于练囊。又出其妻骨，亦墨记，贮于竹笼，而徒跣亲负之。徒行数千里，至魏郡。保安有一子，仲翔爱之如弟。于是尽以家财二十万，厚葬保安，仍刻石颂美。仲翔亲庐墓侧，行服三年。既而为岚州[23]长史，又加朝散大夫，携保安子之官，为娶妻，恩养甚至。仲翔德保安不已，天宝十二载诣阙，让朱绂及官于保安之子以报。时人甚高之。

初，仲翔之没也，赐蛮首为奴，其主爱之，饮食与其主等。经岁，仲翔思北，因逃归，追而得之，转卖于南洞。洞主严恶，得仲翔，苦役之，鞭笞甚至。仲翔弃而走，又被逐得，更卖南洞中，其洞号"菩萨蛮"。仲翔居中经岁，困厄复走，蛮又追而得之，复卖他洞。洞主得仲翔，怒曰："奴好走，难禁止邪？"乃取两板，各长数尺，令仲翔立于板，以钉自足背钉之，钉达于木。每役使，常带二木行，夜则纳地槛中，亲自锁闭。仲翔二足，经数年疮方愈。木锁地槛，如此七年。仲翔

[21] 窆（biǎn）：下葬。

[22] 原文注"墨记骨节，书其次第，恐葬敛时有失之也"。用墨来标记，在每节骨头上标上数字，以免重新安葬时丢失。

[23] 岚州：今属山西吕梁。

初不堪其忧。保安之使人往赎也，初得仲翔之首主，展转为取之，故仲翔得归焉。

　　吴保安，字永固，河北人，任遂州方义尉。他的同乡郭仲翔，是郭元振的侄子。郭仲翔有才学，郭元振想要扶助他成就其功名。此时正赶上南方部族作乱，朝廷任命李蒙为姚州都督，率领军队去讨伐。李蒙临行之时，与郭元振告别。郭元振会见了郭仲翔，然后对李蒙说："这是我弟弟唯一的儿子，还没有官职。您暂且带着他去行军打仗，如果他能够破贼立功，我在朝廷定会引荐，让他当个小官，获得微薄的俸禄。"李蒙答应了他。郭仲翔非常有才干，李蒙任命他为判官，把军队的事务委托给他。

　　郭仲翔到了蜀地，吴保安传了一封书信给郭仲翔，说："很荣幸和您是同乡，您的声名远播，虽然我们没有见过面，但我是心存仰慕的。您是宰相的侄子，将军手下颇有才干之人，果真因为才能而被委以重任。李将军能文擅武，受命征讨，亲自率领大军，就要平定小小的贼寇。凭借着将军的勇武，再加上才能，您率领大军歼灭敌人，且夕之间就能成就功名。我自幼好学，长大后专习经学，没有特殊的才能，当官只做到县尉。现在处于偏远的蜀地，离南蛮之地很近，离家乡数千里，路途艰难，往来不易。况且此时我任期已满，是否继任，难以期冀。以我之不才，在仕途上受到大唐选官资格的限制，还想做个微小的官吏获得微薄的俸禄，难道还有希望吗？最后只能是归老田园，辗转死于水沟、山谷之中。我从别处听闻您是一个热心帮人解决忧愁之人，不会忘记同乡的情谊。期望您对我有特殊的知遇之恩，让我能参军为国效力，成全我，录用微贱的我，让我做出微末的功绩。蒙恩得以奏着凯歌归来，能够得到卑微的官职，这是您对我像丘山一样的恩情，让我铭刻在心。我不敢奢望，希望您为我筹划这件事。只希望您知晓我的忠诚，宽恕我的轻率鲁莽。自己愚笨，希望得到您的招徕提携。"郭仲翔看到这封书信，深深地被吴保安感动，随即告诉李将军，召吴保安为管记。但吴保安还没到来，郭仲翔一方就遇到了南方叛乱者的反扑。随后，李将军赶到姚州，与敌人一战，大破敌军，乘胜深入南蛮腹地，谁料敌人反扑，打败了李蒙。李将军战死，郭仲翔也成为俘虏。南蛮贪图汉人财物，让俘虏与家人通信，让他们的家人用钱财来赎，每人需要三十匹缣。

吴保安到达姚州之后，刚好赶上部队已经不在，便滞留在此，没有回去。郭仲翔在被南蛮关押期间，写了一封书信给吴保安："永固安好。不久前，承蒙您的来信，未及时回复，正好赶上大军开拔，深入敌军内部，结果遭遇挫败，李蒙将军战死，我成为被囚的俘虏，在偏僻遥远的地方苟且偷生。考虑到遭遇如此，但我深深思念着我的家乡。我的才华不及春秋时楚国的钟仪，竟然也被囚禁；不是商朝的箕子，却也成为奴隶。在湖边放羊，与苏武一样；像李陵一样期待有人传来宫中的书信。我自从陷入蛮夷之地，尝尽了艰难与困苦的滋味，肌肤被毁，遍体伤痕，血泪滂沱。活着的人能如此艰难，我已经切身感受到了。我本出身中原世家大族，现在却成为这偏远之地的穷囚。日出月落，寒来暑往，我思念家乡的亲人，盼望着能回先祖的墓前祭奠。我时不时如发疯一般，情绪郁结，怒气填膺，悲痛地大哭，不知道泪从何而来。路过的人看到我，更加可怜我、怜悯我。我和你，虽然没有彼此敞开心扉、推心置腹过，但您是我的同乡，有好的德行品性，我们二人的风格品位彼此相近，我梦中都想要一睹尊容。前几日，承蒙您来信询问，既然问了，我也就答应了您的请求。李将军一直知晓您的才名，所以我请求让您担任管记之职。可是大军开拔，越来越远，您来迟了，我们未能相见。这是因为您落后于部队出发时间，并不是我抛下了您。您家有余庆，上天赐福，行善积德，果然没赶上这场战事，能够保全性命和名声。如果您早早地来到军队中效力，共同参与军务，那么又与我这个处于偏僻之地的囚徒有何不同呢？我现在处于困境，没有气力，没有办法。而蛮夷的习俗是对于俘虏，允许他们的亲族用钱财来赎回。因为

我是宰相的侄子，与别人不同，但仍然竭力恳请您求得千匹缣来赎我回家。但是，此信寄出让您知晓，还需要一百匹缣。希望您尽早将我的信送交我的伯父，及时来到，能够赎我回家。让我的灵魂回到故乡，起死回生，只能希望您了。今天的事，请您即使劳累辛苦，也不要推辞。如果我的伯父已离开朝廷，难以通报会面，希望您能够像春秋的晏子用自己的马为越石父赎身一样，像春秋的宋国去郑国赎出华元一样，赎出我。救人之事，古人更为艰难。因为您的道德高尚，名声显赫，所以我才请求您来相助，而没有怀疑之心。如果您不怜悯我，与世俗一样害怕，那么我生是被囚禁的小子，死是蛮夷的鬼魂，还有什么指望呢？就这样吧，吴君，不要忘记了这件事。"

吴保安看到信后，非常伤心。此时郭元振已经去世，吴保安为了报答郭仲翔的知遇之恩，答应赎回仲翔。他变卖了所有的家产，买了二百匹缣前往郭仲翔被囚之地。因为住在巂州，吴保安十年没有回家，就在那里做一些买卖，共挣得七百匹绢，但数目仍没到一千匹。吴保安家境向来贫穷，而他的妻子还在遂州。因为一直想着要赎回郭仲翔，吴保安就与家人断绝了来往。每当从别人那里获得一点儿收入，哪怕只是一尺布、一升米，他也一点点积攒起来。后来，他的妻子挨饿受冻，无法生活，便带着幼小的儿子，骑着一头毛驴，前往泸南寻吴保安。半路上，粮食吃光了，可是离姚州还有数百里之遥，他的妻子实在没有办法，就在路边哭了起来。她的悲伤感动了过路之人。这时，姚州都督杨安居乘着马车前去州府，看见吴保安的妻子在哭，感到奇怪，前去询问。吴保安的妻子说："我的丈夫是遂州方义县尉吴保安，因为朋友被囚于蛮夷之地，就如乞丐般过活去赎人，所以来到姚州。他抛弃我们母子有十年了，音信全无。我如今贫苦，无法生活，就来找寻吴保安，但是粮食吃光了，路途遥远，所以哭了起来。"杨安居非常吃惊，对她说："我到前面的驿站等候夫人，资助你粮钱。"吴保安的妻子来到驿站，杨安居给了她几千文钱，并安排车马送她前行。杨安居骑马到了州府以后，先找到吴保安，一看见他，便握着他的手来到厅堂，对他说："我常读古人的书，也知道古人的行事作风，没想到如今见到你的所为。与朋友情深，与妻子儿女意浅，为赎友而抛弃自己家眷，以至于如此仗义！我遇到你的妻子，考虑到你对朋友之义，心中万分佩服，希望与您见面。我今天刚到，没有什么可以帮助你的，就从仓库中借官绢四百匹，来帮助你赎回朋友。等到你的朋友被赎回，我们再慢慢地填补偿还。"吴保安听到后，非常高兴，取了官绢，便让前往蛮夷地区送信的人拿着绢去赎人。近两百天后，郭仲翔回到了姚州，模样憔悴，看起来不像一个人。他刚与吴保安见面相识，两人就痛哭起来。

杨安居侍奉过郭仲翔的伯父郭尚书，他带着郭仲翔沐浴、换新衣，随后拉着他同坐，一起喝酒吃饭。杨安居非常敬重吴保安的所作所为，很偏爱他。他令郭仲翔担任他所管辖地区的一名县尉。郭仲翔在蛮夷地区待了很长时间，知道那里的详细情况。他派人去那里的部落买来了十个漂亮的少女。他要辞别杨安居回北方，便将十个少女送给了杨安居。杨安居不接受，说："我不是市井俗人，我这样做，难道是等你来报答我吗？我只是钦佩吴保安的仁义，所以才成全这件事。你有亲人在北方，暂且将她们换成味美的食品和钱物吧！"郭仲翔感激地说："我能够回来，是您的恩德；我微贱的生命得以保全，也是您赏赐给我的。我郭仲翔即使是死了，也不敢忘记您的再生之德。只是这些蛮夷少女，是特意为您买来的。您今天要推辞，我要以死来请求您接受。"杨安居没有办法违背郭仲翔的意愿，便看着少女中最小的一个说："你既然一再请求，我也不敢违背好意。这个女子最小，我很钟爱。今天就为了这个女子接受你的赠送。"杨安居推辞了其他九个女子。吴保安也受到杨安居的厚待，得到一大笔钱财回北方了。

郭仲翔回到家乡时，离开母亲已经十五年了。他再次来到了京城，因为有功而被任命为蔚州录事参军，就将母亲也接到了蔚州。等到任期满，母亲去世，葬礼结束，他开始守孝。守孝之后，他说："我仰仗吴保安，被赎了回来，所以才能当官奉养母亲，如今母亲去世，孝服已脱，我可以去做想做的事了。"他就去寻找吴保安。吴保安已经从方义县尉任上离职，被任命为眉州彭山丞，郭仲翔又到蜀郡寻访他。吴保安任期满后，没能回到家乡，与妻子都死在了彭山，暂且葬在寺内。郭仲翔听说后，非常悲伤，裁制了丧服，戴着环麻，拄着丧杖，从蜀郡开始光着脚，一路哭声不绝，来到彭山。祭奠完毕，他又将吴保安的尸骨挖出来，每一节都用墨标记，然后装到绢袋里。又将他妻子的尸骨也挖出来，同样用墨标记上，装到竹笼里。他光着脚，亲自背着两个人的骨头，徒步数千里，来到魏郡。吴保安有一个儿子，郭仲翔对他，就如同对弟弟一样宠爱。他卖了所有的家产，所得二十万文钱，厚葬了吴保安夫妻，并刻了一块石碑以歌颂其美德。郭仲翔亲自在吴保安的坟墓旁盖了一间茅屋，穿孝服居丧三年。此后，郭仲翔被任命为岚州长史，又加封朝散大夫。他带着吴保安的儿子去往任上，为他娶了妻子，对他非常关爱、呵护。郭仲翔一直都非常感激吴保安。天宝十二载，他赶赴朝堂，为了报答吴保安，请求将自己的官位让给吴保安的儿子。当时的人们都非常敬重他。

当初，郭仲翔被蛮夷俘获，送给当地一个部落首领做了奴隶，主人很喜欢他，所以他的饮食和主人一样。一年之后，郭仲翔想念北方，所以逃跑了，但又被抓了回来，被转卖给了另一个部落。这里的首领很凶恶，得到郭仲翔后，让他做苦役，还用鞭子狠狠地打他。郭仲翔再次逃跑，又被抓回，再次被卖，这回的部落有个名号叫"菩萨蛮"。郭仲翔在这个部落待了一年，处境艰难，再次逃走，蛮夷又把他追了回来，转卖给另一个部落。这个部落首领得到郭仲翔后，生气地说："你喜欢逃跑，难道不能禁止吗？"他叫人拿来两块木板，每块有数尺长，命令郭仲翔站在两块木板上，用钉子从脚面上钉进去，一直钉到木头里。郭仲翔每次出去干苦役，都必须带着木板一起走，晚上则被关在地牢里，由首领亲自关门上锁。郭仲翔的两只脚经过好多年才痊愈。如此过了七年，郭仲翔不能再忍受这种痛苦。吴保安派人来赎他，先找到郭仲翔的第一个主人，再辗转寻找，郭仲翔才最终得以回到家乡。

蔡少霞

薛用弱

原文

　　蔡少霞者，陈留人也。性情恬和，幼而奉道。早岁明经得第，选蕲州参军①。秩满，漂寓江淮者久之。再授兖州泗水②丞，遂于县东二十里，买山筑室，为终焉之计。居处深僻，俯近龟、蒙，水石云霞，境象殊胜。少霞世累早祛，尤谐夙尚。

　　偶一日沿③溪独行，忽得美荫，因就憩焉。神思昏然，不觉成寐。因为褐衣鹿帻④之人梦中召去，随之远游，乃至城郭处所。碧天虚旷，瑞日曈昽，人俗洁清，卉木鲜茂。少霞举目移足，惶惑不宁，即被导之令前，经历门堂，深邃莫测，遥见玉人当轩独立，少霞遽脩敬谒。玉人谓曰："愍子虔心，今宜领事。"少霞靡知所

《蔡少霞》出自唐薛用弱撰传奇小说集《集异记》，宋李昉录于《太平广记》卷五十五神仙五十五。

① 蕲州：隶属湖北省黄冈市。

② 兖州泗水：今属山东济宁。

③ 沿：同"沿"。

④ 鹿帻：鹿皮制成的头巾。多为隐士所戴。

谓，复为鹿帻人引至东廊，止于石碑之侧，谓少霞曰："召君书此，贺遇良因。"少霞素不工书，即极辞让。鹿帻人曰："但按文而录，胡乃据违？"

俄有二青僮自北而至，一捧牙箱，内有两幅紫绢文书，一赍笔砚，即付少霞，曰："法此而写。"少霞凝神搦管⑤，顷刻而毕。因览读之，已记于心矣。题云："苍龙溪新宫铭，紫阳真人山玄卿撰。良常西麓，源泽东滢，新宫宏宏，崇轩辚辚。雕珉盘础，镂檀竦棁，碧瓦鳞差，瑶阶肪截。阁凝瑞雾，楼横祥霓，骀虞巡徼，昌明捧阗。珠树规连，玉泉矩洩。灵飙遝集，圣日俯晰。太上游储，无极便阙。百神守护，诸真班列，仙翁鹄立，道师冰洁。饮玉成浆，馔琼为屑。桂旗不动，兰屋互设。妙乐竞奏，流铃间发。天籁虚徐，风箫泠澈。凤歌谐律，鹤舞会节。三变《玄云》，九成《绛雪》。易迁虚语，童初浪说。如毁乾坤，自有日月。清宁二百三十一年四月十二日建。"于是少霞方更周视，遂为鹿帻人促之，怂邅而返，醒然遂悟，急命纸笔，登即纪录。

自是兖、豫好奇之人，多诣少霞，询访其事。有郑

⑤ 搦管：执笔、握笔。

还古者，为立传焉。用弱亦尝至其居，就求第一本视之，笔迹宛有书石之态。少霞无文，乃孝廉一叟耳，固知其不妄矣。少霞而后修道尤剧，元和末已云物故。

译文

蔡少霞是陈留人，性情安静平和，从小就信奉道教。早年间，蔡少霞参加科举，以明经考取进士，被选为蕲州参军，任职期满后，就在江淮一带漂泊了很长时间。之后，蔡少霞又被任命为兖州泗水县丞，就在县城以东二十里的地方买地盖房，打算在这里终老。这个地方偏僻幽深，附近就是龟山和蒙山，水石云霞，景色非常优美。此时，蔡少霞在世上所有的牵挂早就没有了，这里正符合他的夙愿。

一日，蔡少霞沿着溪水独自散步，忽然看到一处极凉爽的阴凉之处，就在那里休息了一会儿。神思昏然间，他不知不觉睡着了。在睡梦中，蔡少霞忽然被一个身穿褐衣、头戴鹿皮头巾之人召去，随他远走，一直来到城墙之外。碧空之下，广大宽阔，艳阳高照，世风廉洁清白，花木鲜茂。蔡少霞抬头迈步，惶惑不宁，被引导着跟着向前走。经过大门和厅堂，远远地看见一个神仙般的人独自站在堂前，蔡少霞马上恭恭敬敬地拜谒。那人说道："可怜你虔诚之心，今天应该明白一些事

情。"蔡少霞不知道这人说的是什么意思，就又被戴鹿皮头巾之人带到东边廊下，在一块石碑的旁边停下来。戴鹿皮头巾之人对他说："召你来抄写碑文，恭喜你遇到好的因缘。"蔡少霞向来不善于写字，就极力推辞。戴鹿皮头巾之人说："只是按照碑文抄录下来，为何要拒绝推托呢？"

不一会儿，有两个青衣童子从北面过来，一个捧着牙箱，里边有两幅紫绢文书，另一个捧着笔砚。两个童子把文书和笔砚交给蔡少霞，说："照着碑文抄写。"蔡少霞聚精会神，执笔而写，顷刻完成。蔡少霞在心中默读，把它记在心里。其中内容是："《苍龙溪新宫铭》，紫阳真人山玄卿撰。良常西麓，源泽东滢，新宫宏宏，崇轩辚辚。雕珉盘础，镂檀辣棽，碧瓦鳞差，瑶阶肪截。阁凝瑞雾，楼横祥霓，骀虞巡徼，昌明捧阑。珠树规连，玉泉矩洩。灵飙遝集，圣日俯晰。太上游储，无极便阙。百神守护，诸真班列，仙翁鹄立，道师冰洁。饮玉成浆，馔琼为屑。桂旗不动，兰屋互设。妙乐竞奏，流铃间发。天籁虚徐，风箫泠澈。凤歌谐律，鹤舞会节。三变《玄云》，九成《绛雪》。易迁虚语，童初浪说。如毁乾坤，自有日月。清宁二百三十一年四月十二日建。"

蔡少霞正要从头到尾再看一遍，但被戴鹿皮头巾之人催促，匆忙之间，从梦中醒来。梦醒后，蔡少霞才明白此事，急忙命人拿出纸笔，把梦中所抄碑文记录了下来。

从此，兖、豫二州尚奇之人，都到蔡少霞的家里询问这件事的始末。其中有一人叫郑还古，还为此写了小传。我也曾去蔡少霞的住所，去求碑文一看，看其笔迹，宛如在石碑下拓下来的。蔡少霞很朴实，只是一个老年的举子罢了，我知道他肯定不会妄言的。此后，蔡少霞更加潜心修道，元和末年去世。

王维

薛用弱

原文

王维右丞，年未弱冠，文章得名。性娴音律，妙能琵琶，游历诸贵之间，尤为岐王[①]之所眷重。时进士张九皋，声称籍甚。客有出入于九公主[②]之门者，为其致公主邑司[③]牒京兆试官，令以九皋为解头[④]。维方将应举，具其事言于岐王，仍求庇借。岐王曰："贵主之强，不可力争。吾为子画焉。子之旧诗清越者，可录十篇；琵琶之新声怨切者，可度一曲。后五日当诣此。"维即依命，如期而至。岐王谓曰："子以文士，请谒贵主，何门可见哉？子能如吾之教乎？"维曰："谨奉命。"岐王则出锦绣衣服，鲜华奇异，遣维衣之；仍令赍琵琶，同至公主之第。

《王维》出自唐薛用弱撰传奇小说集《集异记》，宋李昉录于《太平广记》卷一百七十九贡举二。

① 岐王：唐睿宗四子，惠文太子，本名李隆范，初封郑王，后改封卫王。后睿宗复位时，被晋封为岐王。

岐王入曰："承贵主出内，故携酒乐奉宴。"即令张筵。诸伶旅进。维妙年洁白，风姿都美，立于前行。公主顾之，谓岐王曰："斯何人哉？"答曰："知音者也。"即令独奏新曲，声调哀切，满座动容。公主自询曰："此曲何名？"维起曰："号《郁轮袍》。"公主大奇之。岐王曰："此生非止音律，至于词学，无出其右。"公主尤异之，则曰："子有所为文乎？"维即出献怀中诗卷。公主览读，惊骇曰："皆我素所诵习者。常谓古人佳作，乃子之为乎？"因令更衣，升之客右。维风流蕴藉，语言谐戏，大为诸贵之所钦瞩⑤。岐王因曰："若使京兆今年得此生为解头，诚为国华矣。"公主乃曰："何不遣其应举？"岐王曰："此生不得首荐，义不就试，然已承贵主论托张九皋矣。"公主笑曰："何预儿事？本为他人所托。"顾谓维曰："子诚取解，当为子力。"维起谦谢。公主则召试官至第，遣宫婢传教。维遂作解头而一举登第矣。

及为太乐丞，为伶人舞《黄师子》，坐出官⑥。《黄师子》者，非一人不舞也。天宝末，禄山初陷西京，维及郑虔、张通等皆处贼庭。洎克复，俱囚于宣阳里⑦杨

② 九公主：又称九仙媛、如仙媛。司马光以为如仙媛乃旧日宫人。《御定（康熙）孝经衍义》卷二一注"如仙媛"云："唐制，九嫔中有昭媛、修媛、充媛，如仙必媛之名。"既然如此，那么如仙媛殆为玄宗父睿宗生前所宠嫔妃，名如仙。之所以称九仙媛、九公主，盖排行第九。而称为公主，并非封号，盖玄宗后宫称呼，言其地位尊如公主。

③ 邑司：为公主管理事务的机构。这句话是说，张九皋求得九公主邑司，致函于京兆府试官。

④ 解头：即解元。

⑤ 钦瞩：敬重，属望。

⑥ 出官：离开京师，前往外地做官。

国忠旧宅。崔圆⑧因召于私第，令画数壁。当时皆以圆勋贵无二，望其救解，故运思精巧，颇绝其艺。后由此事，皆从宽典；至于贬黜，亦获善地。今崇义里窦丞相易直私第，即圆旧宅也，画尚在焉。维累为给事中。禄山授以伪官。及贼平，弟缙⑨为北都副留守，请以己官爵赎之。由是免死。累为尚书右丞。于蓝田置别业，留心释典焉。

⑦ 宣阳里：即宣阳坊，长安皇城东第一街自北向南第六坊。杨国忠曾在此居住。

⑧ 崔圆：字有裕，唐朝时期宰相，北魏左仆射崔亮八世孙。

⑨ 缙：王缙，王维之弟，官到宰相。《旧唐书》记载："王缙，字夏卿，河中人也。少好学，与兄王维早以文翰著名。"

译文

王维还不到二十岁，就以能写好文章而得名，精通音乐，擅长弹琵琶。他在各个贵族之间来往交游，尤其得到岐王的爱重。当时的进士张九皋，名声很大，有经常出入九公主府的门客，为了他求公主府的邑司发送公文给京城的主考官，使张九皋在科举考试时成为解元。王维此时也正准备参加科举考试，就把这件事详细告诉了岐王，求得岐王的保护和帮助。岐王说："公主尊贵，而且势力强大，是不能以强力争取的，我来为你筹谋。把你之前写的清超拔俗的好诗抄录十首，再为她作一曲新的悲切的琵琶曲。五天后来我这儿。"王维立刻从命，如期而至。岐王对他说："你一个读书人，请求谒见公主，会有什么门路能被接见呢？你能按我的话去做吗？"王维回答："遵命。"岐王拿出精美的丝绸衣服，既鲜艳华丽又特别，让王维穿上，仍然让他带着琵琶，一同来到公主的府第。

岐王进入公主府，说："我接受公主您的命令，所以带着美酒和动听的音乐来参加宴会。"他随即命令置办筵席，伶人一起进入宴会为其助兴。王维当时年少，干净清白，风度翩翩，气质优美，站在最前排，公主看到他，问岐王："这是何人？"岐王回答说："这是通晓音律的人。"他随即命令王维独自演奏一首新作的琵琶曲。此曲声调哀婉凄切，在座之人无不为之动容。公主询问道："这首新曲叫什么名字？"王维站起身来，答道："名为《郁轮袍》。"公主感到非常奇怪。岐王说："这个书生不仅精通音律，至于文学，更是无人能及。"公主更加奇怪，就问："你有写好的诗文吗？"王维马上把怀里的诗卷呈献给公主。公主读后大惊，说："这些都是我平时吟诵学习的，本以为是古人所写的佳作，原来是你写的呀！"公主立即令他换了衣服，坐在上宾的位子上。王维风流含蓄，谈吐诙谐，被那些达官贵人敬重。岐王说："如果今年京兆的考试让他得到第一的位置，实在是国家的荣耀。"公主于是说："何不让他去参加考试？"岐王说："如果不能以第一名被推荐，他就不参加考试。而且听说您举荐了张九皋。"公主笑着说：
"与我有何相干？原本也是受人所托。"她又回头对王维说："你确实
可以取得第一的位置，我应当为你尽力。"王维站起来，谦恭地表示谢
意。公主把主考官召至府里，派了使女传达命令。王维在考试中取得了
第一，一举登第。

等到王维做了太乐丞，又因为属下的伶人私自跳《黄师子》舞，因
罪被贬到外地为官。《黄师子》舞，是只为天子一人所跳的。天宝末
年，安禄山第一次攻陷西京，王维同郑虔、张通都落入叛军之手，并做
了官。西京被收复之后，这三人都被关在宣杨里杨国忠的旧宅里。崔圆
此时把王维叫到私宅，让他在几面墙上作画。当时人们都认为崔圆的权
力与富贵是独一无二的，希望王维能被他解救。王维在画壁画的时候，
构思极其精巧，使出全身的能耐。后来也因为此事，王维等人都得到了
宽待，即使被贬黜，也会去到一个好的地方。现在的崇义里丞相窦易直
的私宅，就是崔圆的旧居，壁画还在那里。王维后来官至给事中，安史
之乱时被安禄山授以伪职。安史之乱平定后，其弟王缙做了北都副留
守，请求用他的官爵来为王维赎罪，因此王维被免去死罪。后来，王维
又官至尚书右丞，在蓝田买了别墅，潜心研究佛经。

王之涣

薛用弱

原文

开元中诗人，王昌龄、高适、王之涣齐名，时风尘未偶①，而游处略同。一日，天寒微雪。三诗人共诣旗亭②，赊③酒小饮。忽有梨园伶官十数人，登楼会宴。三诗人因避席隈映，拥炉火以观焉。俄有妙妓四辈，寻续而至，奢华艳曳，都冶④颇极。旋则奏乐，皆当时之名部也。昌龄等私相约曰："我辈各擅诗名，每不自定其甲乙，今者可以密观诸伶所讴，若诗入歌词之多者，则为优矣。"俄而一伶，拊节而唱曰："寒雨连江夜入吴，平明送客楚山孤。洛阳亲友如相问，一片冰心在玉壶。"昌龄则引手画壁曰："一绝句。"寻又一伶讴之曰："开箧泪沾臆，见君前日书。夜台何寂寞，犹是

《王之涣》出自唐薛用弱撰传奇小说集《集异记》。

① 未偶：不得意，未遇。

② 旗亭：酒楼。因其楼外悬旗，故称。

③ 赊（shē）：赊欠。

④ 都冶：美艳，漂亮。

子云居。"适则引手画壁曰:"一绝句。"寻又一伶
讴曰:"奉帚平明金殿开,强将团扇共徘徊。玉颜不
及寒鸦色,犹带昭阳日影来。"昌龄则又引手画壁曰:
"二绝句。"之涣自以得名已久,因谓诸人曰:"此
辈皆潦倒乐官,所唱皆《巴人》《下俚》之词耳,岂
《阳春》《白雪》之曲,俗物敢近哉!"因指诸妓之
中最佳者曰:"待此子所唱,如非我诗,吾即终身不
敢与子争衡矣。脱是吾诗,子等当须列拜床下,奉吾
为师。"因欢笑而俟之。须臾次至双鬟发声,则曰:
"黄河远上白云间,一片孤城万仞山。羌笛何须怨杨
柳,春风不度玉门关。"之涣即揶揄二子曰:"田舍
奴⑤,我岂妄哉!"因大谐笑。诸伶不喻其故,皆起诣
曰:"不知诸郎君何此欢噱?"昌龄等因话其事。诸
伶竞拜曰:"俗眼不识神仙,乞降清重,俯就筵席。"
三子从之,饮醉竟日。

⑤ 田舍奴:犹言乡巴佬,含有鄙其无知之意。

译文

唐开元年间的诗人，王昌龄、高适、王之涣三人齐名。当时，三人在仕途上都还不得意，到处漂泊，在外游历之地大致相同。一天，天气很冷，还下着小雪。三位诗人一起来到酒楼，赊酒小酌，忽然，十多个梨园的伶人一起登楼聚会宴饮。三位诗人离开座位，躲到角落，围着炉火，看着他们。过了一会儿，又有四批妙龄歌伎陆续到来，衣着奢华，艳丽飘逸，妖冶至极。不久，这些伶人开始奏乐，演奏的都是当时的名曲。王昌龄等人私下里相约："我们每人都擅长作诗，每次都不能自己评出高低，今天咱们可以悄悄地看那些伶人的演唱，如果谁的诗被伶人唱得多，谁就是优等。"过了一会儿，一个伶人打着拍子唱道："寒雨连江夜入吴，平明送客楚山孤。洛阳亲友如相问，一片冰心在玉壶。"王昌龄听后，就伸手在壁上画下一笔，说："这是我的一首绝句。"随后，又一名伶人唱道："开箧泪沾臆，见君前日书。夜台何寂寞，犹是子云居。"高适就伸手在壁上画一笔，说："这是我的一首绝句。"紧接着，又一位伶人唱道："奉帚平明金殿开，强将团扇共徘徊。玉颜不及寒鸦色，犹带昭阳日影来。"王昌龄又伸手在壁上画了一笔，道："这是我的第二首绝句。"王之涣自认成名很长时间了，对二人说道："这些人都是失意潦倒的伶人，所唱的都是像《巴人》《下俚》一样的俗曲罢了，像《阳春》《白雪》一样高雅的曲子，那

些俗人敢靠近吗？"他指着伶人中最出色的那一个说："等到这个人唱，如果唱的不是我的诗，那么我这一生都不跟你们争夺高下了。倘若是我的诗，你们就要列队坐在床下向我跪拜，奉我为师。"于是，大家就笑着等待。不久，轮到梳双鬟的伶人演唱，她唱道："黄河远上白云间，一片孤城万仞山。羌笛何须怨杨柳，春风不度玉门关。"王之涣就揶揄王昌龄、高适说："乡巴佬，我难道是胡说吗？"众人都大笑起来。那些唱歌的伶人不明白为什么，都离开自己的座位，走过来问："不知道诸位郎君为什么这样高兴？"王昌龄等人就把这件事告诉了他们。伶人竞相行着拜礼，说："俗眼不识神仙，请求你们降下清高尊贵的身份，屈就到我们的宴席上。"三人依从他们，一起开怀畅饮，直到这一天结束。

裴谌

牛僧孺

《裴谌》出自牛僧孺撰《玄怪录》，宋李昉录于《太平广记》卷十七神仙十七，篇末注"出《续玄怪录》"，误，首云"隋大业中"，托之隋朝，牛书也。

原文

　　裴谌、王敬伯、梁芳，约为方外①之友。隋大业中，相与入白鹿山学道，谓黄白②可成，不死之药可致，云飞羽化，无非积学，辛勤采炼，手足胼胝，十数年间。无何③，梁芳死，敬伯谓谌曰："吾所以去国忘家，耳绝丝竹，口厌肥豢，目弃奇色，去华屋而乐茅斋，贱欢娱而贵寂寞者，岂非觊乘云驾鹤，游戏蓬壶？纵其不成，亦望长生，寿毕天地耳。今仙海无涯，长生未致，辛勤于云山之外，不免就死。敬伯所乐，将下山乘肥衣轻，听歌玩色，游于京洛。意足然后求达，垂功立事，以荣耀人寰。纵不能憩三山，饮瑶池，骖龙衣霞，歌鸾飞凤，与仙翁为侣，且腰金拖紫，图影凌烟，厕④卿

① 方外：世俗之外，旧时指神仙居住的地方。这里指修道。

② 黄白：指术士所谓炼丹化成金银的法术。

③ 无何：不久，很短时间之后。

④ 厕：参与，混杂在里面。

大夫之间，何如哉？子盍归乎？无空死深山。"谌曰：
"吾乃梦醒者，不复低迷。"敬伯遂归，谌留之不得。

时唐贞观初，以旧籍调授⑤左武卫骑曹参军，大将
军赵朏妻之以女。数年间，迁大理廷评，衣绯，奉使淮
南。舟行过高邮，制使之行，呵叱风生，行船不敢动。
时天微雨，忽有一渔舟突过，中有老人，衣蓑戴笠，鼓
棹而去，其疾如风。敬伯以为吾乃制使⑥，威振远近，
此渔父敢突过我。试视之，乃谌也。遽令追之，因请维
舟，延之坐内，握手慰之曰："兄久居深山，抛掷名宦
而无成，到此极也。夫风不可系，影不可捕，古人倦夜
长，尚秉烛游，况少年白昼而掷之乎？敬伯粤自出山数
年，今廷尉评事矣。昨者推狱平允，乃天锡⑦命服。淮
南疑狱，今谳⑧于有司，上择详明吏覆讯之，敬伯预其
选，故有是行。虽未可言官达，比之山叟，自谓差胜。
兄甘劳苦，竟如曩⑨日，奇哉！奇哉！今何所须，当以
奉给。"谌曰："吾侪⑩野人，心近云鹤，未可以腐鼠
吓也。吾沉子浮，鱼鸟各适，何必矜炫也！夫人世之所
须者，吾当给尔，子何以赠我？吾与山中之友，或市药
于广陵，亦有息肩之地。青园桥东，有数里樱桃园，园

⑤调授：调任官职。

⑥制使：皇帝派遣的使者。

⑦锡：通"赐"，给予，赐给。

⑧谳（yàn）：审判，定罪。

⑨曩（nǎng）：以往，从前，过去的。

⑩侪（chái）：等辈，同类的人们。

北车门，即吾宅也。子公事少隙，当寻我于此。"遂翛然[11]而去。

　　敬伯到广陵十余日，事少闲，思谌言，因出寻之。果有车门，试问之，乃裴宅也。人引以入，初尚荒凉，移步愈佳。行数百步，方及大门，楼阁重复，花木鲜秀，似非人境。烟翠葱茏，景色妍媚，不可形状。香风飒来，神清气爽，飘飘然有凌云之意，不复以使车为重，视其身若腐鼠，视其徒若蝼蚁。既而稍闻剑佩之声，二青衣出曰："阿郎来。"俄有一人，衣冠伟然，仪貌奇丽，敬伯前拜，视之乃谌也。裴慰之曰："尘界仕官，久食腥膻，愁欲之火，焰于心中，负之而行，固甚劳困。"遂揖以入，坐于中堂，窗户栋梁，饰以异宝，屏帐皆画云鹤。有顷，四青衣捧碧玉台盘而至，器物珍异，皆非人世所有，香醪嘉馔，目所未窥。既而日将暮，命其仆促席，燃九光之灯，光华满座。女乐二十人，皆绝代之色，列坐其前。裴顾小黄头曰："王评事，昔吾山中之友，道情不固，弃吾下山。别近十年，才为廷尉属。今俗心已就，须俗妓以乐之。顾伶家女无足召者，当召士大夫之女已适人者。如近无姝丽，五千里内，皆可择之。"小黄头唯唯而去。

诸妓调碧玉筝，调未谐而黄头已复命，引一妓自西阶登，拜裴席前。裴指曰："参评事。"敬伯答拜，细视之，乃敬伯妻赵氏也。敬伯惊讶不敢言，妻亦甚骇，目之不已。遂令坐玉阶下，一青衣捧玳瑁筝授之，赵素所善也。因令与妓合曲以送酒。敬伯坐间取一殷色朱李投之，赵顾敬伯，潜系于衣带。妓作之曲，赵皆不能逐。裴乃令随赵所奏，时时停之，以呈其曲。其歌虽非云韶九奏之乐，而清亮宛转，酬献极欢。天将晓，裴召前黄头曰："送赵氏夫人。"且谓曰："此堂乃九天画堂，常人不到。吾昔与王为方外之交，怜其为俗所迷，自投汤火，以智自烧，以明自贼，将沉浮于生死海中，求岸不得。故命于此，一以醒之。今日之会，诚难再得，亦夫人之宿命，乃得暂游，云山万重，往复劳苦，无辞也。"赵拜而去。裴谓敬伯曰："评公使车，留此一宿，得无惊郡将乎？宜且就馆，未赴阙闲时，访我可也。尘路遐远，万愁攻人，努力自爱。"敬伯拜谢而去。后五日将还，潜诣取别，其门不复有宅，乃荒凉之地，烟草极目，惆怅而反。

及京奏事毕，得归私第。诣赵，竟怒曰："女子诚陋拙，不足以奉事君子。然已辱厚礼，亦宜敬之。夫上以承先祖，下以继后嗣，岂苟而已哉！奈何以妖术致之万里，而娱人之视听乎？朱李尚在，其言足徵，何讳乎？"敬伯尽言之，且曰："当此之时，敬伯亦自不测。此盖裴之道成矣，以此相炫也。"其妻亦记得裴言，遂不复责。

吁！神仙之变化，诚如此乎？将幻者鬻术以致惑乎？固非常智之所及。且夫雀为蛤，雉为蜃^⑫，人为虎，腐草为萤，蜣螂为蝉，鲲为鹏，万物之变化，书传之记者，不可以智达，况耳目之外乎？

⑫ 蜃：《说文解字》记载，"蜃，雉入海化为蜃"，蜃即为蛤蜊。

译文

裴谌、王敬伯、梁芳三人约为道友。隋炀帝大业年间，三个朋友一齐入白鹿山学道，他们认为炼丹之术必能学成，不死之药必能得到，羽化升仙之术，无非积累学问，辛勤修炼，也是能成功的。三人辛劳勤苦，转眼间就过了十数年。没多久，梁芳就死了。王敬伯对裴谌说："我离开自己的家乡，拒绝美妙的音乐，忌食美味和佳肴，抛弃世间美色，离开华丽的房屋，以住在这茅草屋为乐，以欢娱为鄙陋，而以寂寞为高贵，难道不是为了能腾云驾鹤，游戏于蓬莱仙境吗？纵然不能成仙，但也希望能够长生不老，与天地同寿罢了。然而，现在成仙之日遥遥无期，长生不老也没有办法达到，我们在这里辛苦修炼，却不免死在山中。我还不如放弃这条道路。我现在喜欢做的，就是下山乘肥马，穿轻裘，听歌曲，贪美色，游遍京城。心满意足之后，再去求取功名利禄，建立功业，显身扬名于人世间。纵然不能在三神山休憩，在瑶池边饮宴，乘着天马神龙，穿着霞衣，听着凤歌，看着鸾舞，与神仙为伴，但是在人世间身穿紫袍，腰系金带，功勋卓著，名垂青史，与卿大夫同列，又有何比不上呢？你何不也下山呢？不要白白死在这深山之中。"裴谌说："我是梦醒之人，不能再回到世间昏昏沉沉了。"王敬伯一个人下了山，裴谌始终留不住他。

唐太宗贞观初年，王敬伯在旧职的级别上升任为左武卫骑曹参军。大将军赵朏还把女儿嫁给了他。几年间，他又升任为大理寺的廷评，穿上了红衣，奉命出使淮南。他的船行驶到了高邮。皇帝的使臣到来，左右呵叱之声如风，非常威严，其他的行船都不敢移动半步。这时，天下起了蒙蒙细雨，忽然有一只小渔船越过，船上有一位老人，身披蓑衣，头戴斗笠，划着桨离开，其速度如一阵疾风。王敬伯心想：我是朝廷派来的使臣，威振四方，这个渔夫怎么敢越过我。姑且一看，原来是裴谌。他马上命令手下去追他，把船停下，请裴谌上了自己的大船。他握着裴谌的手，安慰说："裴兄你久居深山，抛弃世间的功名利禄而一无所成，到了这个地步，成为渔夫已经是尽头了。修道之事，就如同那风不能系，影不可捉，古人厌烦长夜，还能秉烛夜游，更何况少年把可贵的白昼抛弃呢！我自从下山几年，现在已经成了廷尉评事。昔日我断案公允，天子赐我穿红袍，系金腰带。现淮南有疑案，案情上报到大理寺，皇上选择公平精明的官吏再次重审此案，我被圣上选中，才有了这次淮南之行。虽然不能说是飞黄腾达，但比起山中老叟来，自觉还是要强得多。裴兄甘愿勤劳辛苦，竟然和以前一样，奇怪啊！奇怪啊！今天你需要什么，尽管说出来，我一定奉上。"裴谌说："我与山中草民一般，心如闲云野鹤，远离尘世，怎么会被腐烂的老鼠诱惑而来到尘世呢？我如鱼儿一样沉于水下，你如鸟儿一般浮在空中，各有各的乐趣，又何必炫耀呢？那人世间所需要的东西，我应当给你，你又能送我什么呢？我和山里的朋友，有时候到广陵卖药，有个歇脚的地方，在青园桥的东边，那有一个几里长的樱桃园，园北有个行车的门，那就是我的宅子。你公事少的时候，如果有空，可以到那里找我。"裴谌说完，就洒脱地离开了。

王敬伯到广陵十多天后，闲暇的时候想起了裴谌的话，就去找裴谌。樱桃园北果然有个车门，一打听，正是裴宅。有人领着王敬伯往里走，里面起初还很荒凉，越往里走，景色越美。走了几百步才到大门，只见重重楼阁，花木鲜艳秀丽，好像不是凡人居住之地。其间草木青翠茂盛，景色美丽动人，无法形容，阵阵香风袭来，令人神清气爽，飘飘然好像乘云高飞，不再看重尘世中的名利。王敬伯此时看看自己的肉

身，就像腐鼠一般，看看与他同样的人，就如蝼蚁一样。不久，轻微的佩剑撞击声传来，两个青衣女子出来说："裴郎来了。"过了一会儿，就出来一人，仪表堂堂，卓越超群，相貌令人惊叹。王敬伯上前行拜礼，仔细一看，原来是裴谌。裴谌安慰王敬伯说："你在尘世当官，吃了太久的腥膻之物，贪欲之火在你的心中熊熊燃烧，你背负着它前行，实在是劳顿困苦。"他拱着手把王敬伯请进来，坐于正中的厅堂。只见厅堂的门窗屋梁都装饰着奇珍异宝，室中张设的帷帐上都画着云中仙鹤。不一会儿，四个青衣女子捧着碧玉台盘走进来，其所用器具珍贵且不同寻常，不是人世间拥有的东西。其中的美酒佳肴，更是王敬伯从来没见过的。不久，天快黑时，裴谌命人把二人的坐席靠近，点亮了九光之灯，一室光彩明丽。席间又有歌舞伎二十人，个个都是绝代佳丽，列坐在他们面前。裴谌回头看了看小道士，说："王评事，是我在山中修道时的朋友，由于他修道的意志不坚定，就抛下我下了山，一别近十年，现在才做到廷尉的位置。现在，他的内心完全是世俗的，所以就需要凡世间的歌舞伎来让他取乐。我看，那些歌舞伎之中没有能够配得上王评事的，你就召唤一个士大夫家嫁过人的女子吧！如果在近处没有特别美丽的，在方圆五千里之内，都可以选择。"小道士答应着出去了。

那些乐伎在演奏之前，要把碧玉筝的弦调好，还没调好的时候，小道士就回来复命了，带了一个女伎从西边的台阶登上厅堂，拜在裴谌的面前。裴谌指着王敬伯说："参拜王评事。"王敬伯还礼，仔细看这女子，竟是自己的妻子赵氏。王敬伯吃了一惊，但也不敢说什么，他的妻子也很害怕，不停地看着王敬伯。裴谌让赵氏在玉石台阶坐下，一名侍女捧着用玳瑁镶嵌的筝递给她，这是赵氏平时擅长的。于是，裴谌就让她和其他女伎一起合奏以助酒兴。王敬伯立刻把一颗深红色的李子扔给赵氏，赵氏看了看王敬伯，暗暗地把李子系在衣带间。那些女伎演奏的曲子，赵氏都跟不上。裴谌就叫她们跟着赵氏来弹，并常常停下来，以显出赵氏弹筝的技艺。她们演奏的歌曲虽然不是《云门》《韶乐》以及九奏这些宫廷宴会之曲，但是清亮而宛转，在此氛围之下，宾主劝酒酬谢也十分愉快。天将亮时，裴谌召来之前的那个小道士，说："送赵氏夫人回去。"又说："这里是九天画堂，凡人是不能进的。我过去和王敬伯是修道时的朋友，可怜他为世俗名利所迷惑，自投尘世的沸水、火炉之中，凭借才智反而焚毁了自己，凭借智慧反而伤害了自己，从此将在生与死的苦海中挣扎沉浮，想要上岸却不能，所以才请他到这里来，让他觉悟。今日的相会，实在难得再有机会，这也是夫人的宿命，能够让你短暂一游，此去经过万重云山，往返十分辛苦，让这个小道士送你回去，就不要推辞了。"于是，赵氏拜别而去。裴谌又对王敬伯说："评事你公务在身，却这里留宿一晚，恐怕此地郡守找不到你，会惊惶失措吧？你暂且回到驿馆吧。在你还没有回京复命之时，空闲的时候，可以再来看我。俗世间的道路漫长遥远，总是有千愁万绪，望你努力珍重自己。"裴谌说完这些话后，王敬伯拜谢告辞离开。五天之后，王敬伯将要回京，就偷偷去找裴谌，向他告别。可是到了樱桃园，园北的车门内没有任何的宅院，是一片荒凉之地，满目野草。王敬伯心中充满惆怅，无奈返回。

到了京城复命之后，王敬伯回到私宅。他到了妻子赵氏那里，赵氏竟怒气冲冲地说："我实在是鄙陋笨拙，不足以侍奉你。然而，屈就你和我行了大礼而成婚，就应该彼此尊重。我们成婚在上是为了继承祖业，在下是为了传继后代，怎么能随便轻率呢！可是，你为何用妖术把我弄到万里之外，被外人取乐呢？那颗你扔给我的红李子还在，我说的话是有证据的，你有什么可隐瞒的？"王敬伯把发生的全部事情告诉了赵氏，并且说："当时，我自己也不知道发生了什么。这大概是因为裴谌得道成仙了，以此道术来炫耀。"他的妻子也记得当时裴谌的话，就不再指责王敬伯了。

天哪，神仙的变化，真能达到这个程度吗？能够用幻术把人迷惑至此吗？这当然不是正常人的才智能达到的。至于雀入海而化为蛤，雉入海而化为蜃，腐草能化为萤火虫，蜣螂团粪而化蝉，鲲化为鹏，这些万物的变化，书上的记载，单凭人的智慧不能理解，更何况那些人们看不到、听不到的更玄妙的事情呢？

吕卿筠

谷神子

《吕卿筠》出自谷神子撰《博异志》，宋李昉录于《太平广记》卷二百零四乐二。

原文

洞庭贾客^①吕卿筠，常以货殖^②贩江西杂货，逐什一之利。利外有羡^③，即施贫亲戚，次及贫人，更无余贮。善吹笛，每遇好山水，无不维舟探讨，吹笛而去。

尝于中春月夜，泊于君山侧，命樽酒独饮，饮一杯而吹笛数曲。忽见波上有渔舟而来者，渐近，乃一老父鬓眉皤然^④，去就异常。卿筠置笛起立，迎上舟，老父维渔舟于卿筠舟而上。问其所宜，老父曰："闻君笛声嘹亮，曲调非常，我是以来。"卿筠饮之数杯。老父曰："老人少业笛，子有性，可教。"卿筠素所耽味^⑤，起拜，愿为末学。老父遂于怀袖间出笛三管。其一大如合拱，其次大如常人之蓄者，其一绝小如细笔

① 贾客：商人。

② 货殖：经商。

③ 羡：剩余，盈余。

④ 皤然：头发斑白的样子。

⑤ 耽味：深切体味。

管。卿筠复拜请老父一吹，老父曰："其大者不可发，次者亦然，其小者为子吹一曲，不知得终否。"卿筠请曰："愿闻其不可发者。"老父曰："其第一者在诸天，对诸上帝，或元君，或上元夫人，合上天之乐而吹之。若于人间吹之，人消地拆⑥，日月无光，五星失次，山岳崩圮，不暇言其余也。第二者对诸洞府仙人、蓬莱姑射、昆丘王母及诸真君等，合仙乐而吹之。若于人间吹之，飞沙走石，翔鸟坠地，走兽脑裂，五里内稚幼振死，人民殛圮，不暇言其余也。其小者，是老身与朋侪可乐者，庶类杂而听之。吹的不安，未知可终一曲否？"言毕，抽笛吹三声，湖上风动，波涛沆瀁⑦，鱼鳖跳喷。卿筠及童仆恐从詟慄。五声六声，君山上鸟兽叫噪，月色昏昧，舟楫大恐。老父遂止。引满数杯，乃吟曰："湘中老人读黄老，手援紫蕳⑧坐翠草。春至不知湘水深，日暮忘却巴陵道。"又饮数杯，谓卿筠曰："明年秋社⑨，与君期于此。"遂棹渔舟而去，隐隐渐没于波间。至明年秋，卿筠泊舟于君山伺之，终不复见也。

⑥拆：同"坼"，开裂。

⑦沆瀁（hàng yǎng）：波涛汹涌的样子。

⑧蕳：通"蕾"。

⑨秋社：古代农家于立秋后第五戊日，举行酬祭土神的典礼。

译文

洞庭湖一带有一个商人叫吕卿筠，以经商为生，在这里贩卖长江以西的杂物，来获取十分之一的薄利。这些薄利除了家用，如果还有剩余，吕卿筠就会拿来救济贫困的亲戚，如果还有，就再接济穷人，之后便再无剩余了。吕卿筠善于吹笛，每每看到明山丽水，就会停下船来探幽寻胜，吹笛而去。

他在农历二月十五的月夜，停泊在君山脚下，命人取了酒独饮，喝一杯，吹数曲。就这样开怀之时，忽然，吕卿筠看到江上有渔舟向这边驶来。渔舟渐渐靠近，他才看清，原来是一老父，头发、胡子花白，行为举止与常人不同。吕卿筠立即放下笛子，站起身来，迎至舟前。那老父把渔舟维系在吕卿筠的船上，之后便上了岸。吕卿筠问老父所来为何。老父回答说："我听见你的笛声清亮，曲调也是与众不同，所以我上岸来看看是何人所吹。"吕卿筠和老父喝了几杯酒。老父说道："我年少时以吹笛为业，看你在这方面很有天赋，我可以教给你。"吕卿筠本来就对吹笛着迷，便站起身向老父拜谢，并愿意成为他的学生。老父从怀袖中取出三支笛子。第一支又粗又大，有如双手合抱。第二支与一般的笛子大小无异。最后一支特别小，跟细笔管一样。吕卿筠又一次叩拜老父，请老父吹一曲。老父说："这三支笛子中，大的不能吹，第二大的也不能吹，我就用最小的为你吹一曲，不知可否？"吕卿筠

却请求说："我希望您能吹那支不能吹的，最大的。"老父回答："最大的笛子是在天上所用，是对天帝，或对元君，再或者是对上元夫人所吹，与天庭的其他乐器共同合奏的。如果在人间吹奏，就会人影无踪，天崩地裂，日月无光，五星运转失去章法，山岳崩塌，更不用说其他的了。第二大的笛子是对各个洞府仙人、蓬莱姑射仙人、昆仑山王母娘娘以及各位真君所吹，与仙乐共同合奏。如果在人间吹奏此笛，则会飞沙走石，翔鸟坠地，走兽脑裂，五里之内，幼稚儿童都会被笛声震死，人们尸横遍野，也不用说其他的了。最小的笛子才是我与朋友娱乐之用，笛声囊括万物，可以一听。我吹得不好，不知可否让我吹奏一曲？"说完，老父就拿起那最小的笛子吹了三声，湖面顿时刮起风来，波浪随风起伏，鱼啊，龟啊，都如井水喷发般腾跃其上。吕卿筠和童仆惊恐害怕起来。老父再吹第五声、第六声时，君山上的鸟兽便开始鸣叫聒噪起来，月色也变得昏暗不明。湖面上，舟船中的人们开始不安。老父这才停止了吹奏，喝下几杯酒之后，吟唱道："湘中老人读黄老，手援紫藟坐翠草。春至不知湘水深，日暮忘却巴陵道。"之后，老父又喝了几杯，对吕卿筠说："明年秋社之日，我们相约于此。"说完，他就驾着一叶扁舟离去，渐渐隐于湖波之中。第二年的秋社之日，吕卿筠果然将船停泊在君山脚下，等候那吹笛老父，但始终没有等到。

辛公平

李复言

原文

洪州高安县尉辛公平，吉州卢陵县尉成士廉，同居泗州下邳县，于元和末偕赴调集①，乘雨入洛西榆林店。掌店人甚贫，待宾之具，莫不尘秽，独一床似洁，而有一步客先憩于上矣。主人率皆重车马而轻徒步，辛、成之来也，乃逐步客于他床。客倦起于床而回顾，公平谓主人曰："客之贤不肖，不在车徒，安知步客非长者，以吾有一仆一马而烦动乎？"因谓步客曰："请公不起，仆就此憩矣。"客曰："不敢。"遂复就寝。

深夜，二人饮酒食肉，私曰："我钦之之言，彼固德我，今或召之，未恶也。"公平高声曰："有少酒肉，能相从否？"一召而来，乃绿衣吏也。问其姓名，

《辛公平》出自李复言撰《续玄怪录》。

① 调集：调在一起。

曰："王臻。"言辞亮达，辩不可及。二人益狎之。酒阑，公平曰："人皆曰'天生万物，唯我最灵'。儒书亦谓人为生灵。来日所食，便不能知，此安得为灵乎？"臻曰："步走能知之。夫人生一言一憩之会，无非前定。来日必食于磁涧王氏，致饭，蔬而多品；宿于新安赵氏，得肝羹耳。臻以徒步不可昼随，而夜可会耳。君或不弃，敢附末光。"未明，步客前去。二人及磁涧逆旅，问其姓，曰："王。"中堂方馈僧，得僧之余，悉奉客，故蔬而多品。到新安，店叟召之者十数，意皆不往。试入一家，问其姓，曰："赵。"将食，果有肝羹。二人相顾方笑，而臻适入，执其手曰："圣人矣！"礼钦甚笃。宵会晨分，期将来之事，莫不中的。

行次阌乡，臻曰："二君固明智之者，识臻何为者？"曰："博文多艺，隐遁之客也。"曰："非也。固不识，我乃阴吏之迎驾者。"曰："天子上仙，可单使迎乎？"曰："是何言欤？甲马五百，将军一人，臻乃军之籍吏耳。"曰："其徒安在？"曰："左右前后。今臻何所以奉白者，来日金天置宴，谋少酒肉奉遗，请华阴相待。"黄昏，臻乘马引仆，携羊豕各半，酒数斗来，曰："此人间之物，幸无疑也。"言讫而去。其酒肉肥浓之极。过于华阴，聚散如初，宿灞上。臻曰："此行乃人世不测者也，辛君能一观。"成公曰："何独弃我？"曰："神祇尚侮人之衰也，君命稍薄，故不可耳，非敢不均其分也。入城，当舍于开化坊西门北壁上第二板门王家，可直造焉^②。辛君初五更立灞西古槐下。"

及期，辛步往灞西，见旋风卷尘，迤逦而去。到古槐，立未定，忽有风来扑林。转盼间，一旗甲马立于其前，王臻者乘且牵，呼辛速登。既乘，观马前后，戈甲塞路。臻引辛谒大将军。将军者丈余，貌甚伟，揖公平曰："闻君有广钦之心，诚推此心于天下，鬼神者且不敢侮，况人乎？"谓臻曰："君既召来，宜尽主人之分。"遂同行入通化门，及诸街铺，各有吏士迎拜。次天门街，有紫吏若供顿^③者，曰："人多，并下不得，请逐近配分。"将军许之。于是分兵五处，独将军与亲卫，馆于颜鲁公庙。既入坊，颜氏之先簪裾^④而来若迎者，遂入舍。臻与公平止西廊幕次，肴馔馨香，味穷海陆，其有令公平食之者，有令不食者。臻曰："阳司授官，皆禀阴命。臻感二君也，检选事^⑤，据籍诚当驳放^⑥，君仅得一官耳。臻求名加等，吏曹见许矣。"

居数日，将军曰："时限向尽，在于道场，万神护跸^⑦，无计奉迎，如何？"臻曰："牒府请夜宴，宴时腥膻，众神自许，即可矣。"遂行牒。牒去，逡巡得报

② 造：到，去。

③ 供顿：供给行旅宴饮所需之物。

④ 簪裾：古代显贵者的服饰，这里借指显贵的人。

⑤ 选事：考选举士，铨选职官之事。

⑥ 驳放：同"驳放"，谓科举时代否定已发榜公布的中式者而贬黜之。

⑦ 跸：泛指帝王出行的车驾。

曰："已敕备夜宴。"于是部管兵马，戌时齐进入光范及诸门。门吏皆立拜宣政殿下，马兵三百，余人步，将军金甲仗钺[8]来，立于所宴殿下，五十人从卒，环殿露兵，若备非常者。殿上歌舞方欢，俳优赞咏，灯烛荧煌，丝竹并作。俄而三更四点，有一人多髯而长，碧衫皂裤，以红为褾，又以紫縠画虹霓为帔，结于两肩右腋之间，垂两端于背，冠皮冠，非虎非豹，饰以红罽，其状可畏。忽不知其所来，执金匕首，长尺余，拱于将军之前，延声曰："时到矣！"将军频眉[9]揖之，唯而走，自西厢历阶而上，当御座后，跪以献上。既而左右纷纭，上头眩，音乐骤散，扶入西阁，久之未出。将军曰："升云[10]之期，难违顷刻。上既命驾，何不遂行？"对曰："上澡身否，然可即路。"遽闻具浴之声。三更，上御碧玉舆，青衣士六，衣上皆画龙凤，肩舁下殿。将军揖曰："介胄之士无拜。"因慰问以："人间纷挐[11]，万机劳苦，淫声荡耳，妖色惑心，清真之怀，得复存否？"上曰："心非金石，见之能无少乱？今已舍离，固亦释然。"将军笑之，遂步从环殿引冀而出。自内阁及诸门吏，莫不呜咽。群辞，或收血捧舆，不忍

⑧ 钺：古代兵器，青铜制，像斧，比斧大，圆刃可砍劈，商及西周时盛行，又有玉石制的，供礼仪、殡葬用。

⑨ 频眉：皱眉。

⑩ 升云：帝王逝世。

⑪ 纷挐：混乱错杂的样子。

去者。过宣政殿，二百骑引，三百骑从，如风如雷，飒然东去，出望仙门。

将军乃敕臻送公平，遂勒马离队，不觉足已到一板门前。臻曰："此开化王家宅，成君所止也。仙驭已远，不能从容，为臻多谢成君。"牵辔扬鞭，忽不复见。公平扣门一声，有人应者，果成君也。秘不敢泄。更数月，方有攀髯之泣⑫。来年，公平授扬州江都县簿，士廉授兖州瑕丘县丞，皆如其言。

元和初，李生畴昔宰彭城，而公平之子参徐州军事，得以详闻，故书其实，以警道途之傲者。

⑫ **攀髯之泣**：传说黄帝铸鼎于荆山下，鼎成，有龙下迎，黄帝乘之升天，群臣后宫从上者七十余人。余小臣不得上龙身，乃持龙髯，而龙髯拔落，并堕黄帝之弓。百姓遂抱其弓与龙髯而号哭。事见《史记·封禅书》。后世用为追随皇帝或哀悼皇帝去世的典故。

译文

洪州高安县尉辛公平与吉州卢陵县尉成士廉一起住在泗州下邳县。二人在元和末年时同赴长安，接受朝廷的任命。途中遇雨，他们便在洛西的榆林店投宿。店老板很穷，店中的一切用具没有洁净的，只有一张床似乎比较洁净，但有一个先来的客人在床上休息。店主大都很势利，看重做官之人，而轻视一般百姓。他看见辛、成二人是官员打扮，就要把那个客人赶下床去，让他别寻他处。那位客人困倦地从床上起来，回头看着他们二人。辛公平对店老板说："客人的贤与不贤，不在于他的身份地位，你怎么知道平常百姓就不是个有德行的忠厚长者？就因为我有一仆一马而打扰他，让他移走吗？"他又对那位客人说："您不要起身了，我就在原地歇息罢了。"那位客人说："不敢。"说完，他接着又睡下了。

到了深夜，辛、成二人饮酒吃肉。辛公平私下里说："我尊重那人的话，那人听到了，一定会报答我，我们现在就邀他来喝酒，他是不会厌恶的。"他又高声向那位客人叫道："这里有些酒肉，能来一起享用吗？"那位客人答应了，原来他是一个绿衣小吏。辛公平问他姓名，绿衣吏答道："王臻。"话语间，二人看出这绿衣吏明达事理，颇有口才，善言辞，一般人都比不上。于是，二人更加亲近王臻。饮宴结束之时，辛公平说："天生万物，只有人最具灵性。书上也说人是具有灵性的。可是将来怎样，人们却不知道，又怎么能说人有灵性呢？"王臻说："我虽是一介布衣，也是能知道将来会发生的事的。人的一生中，一句话，一小会儿休闲时的相聚，都是命中注定的。你们来日一定会在磁涧的王家吃饭，有饭有菜，多种多样，可是没有肉；然后在新安的赵家投宿，吃得也不错。我因为是徒步而行，白天不能与你们相伴，但晚上是可以相聚的。如果你们不嫌弃，我就冒昧地请你们在晚上一聚。"

第二天天还没亮，王臻就离开了。辛、成二人继续上路。到了磁涧住宿，顺便问了问店家姓氏，果然说是姓王。因为当时正中的厅堂刚刚为僧人准备饭食，僧人吃过，剩下的就全都给了后来的宾客，所以吃食大都是各种各样的蔬菜，并无肉食。后来，二人又到了新安，路上遇到十多个店家召他们入住，可是他们都不愿去。后来，二人又试着来到一家客栈，又问了问店家的姓名，果然姓赵。将要吃饭的时候，果然又与王臻说的一样。二人相视而笑。这时，王臻正好走了进来。两人拉着他的手说："你真是个神人哪！"他们对王臻更加礼待。三人相谈甚欢。此后，三个人就这样夜间聚在一起畅谈，清晨分开，各自赶路。其间，辛、成二人问了王臻一些问题，都是关于将来会发生的事情，结果，没有一件是说错的。

后来行于阌乡住宿时，王臻说："两位一定是明智、有远见之人，可是，你们知道我是什么人吗？"二人回答："看先生博学多才，您定是个隐逸之士。"王臻说："不是。你们一定不知道我，我来自阴间，来此是来迎接圣驾升天的。"二人又问："您来迎接天子升天，只有你一人吗？"王臻回答："这是什么话？这里有五百骑兵，还有一个将军，而我，只是将军手下的一个小兵而已。"二人又问："那么，其他的人都在哪里？""前后左右都有。今天我把这些告诉你们，是希望来日我在金天王殿下设下酒宴，备些酒肉相邀时，你们会来，请二位在华阴县相候。"黄昏时分，王臻再次到来，这次他骑着马，带着仆人，拿了半只羊、半头猪和数斗酒。他对辛、成二人说："这些都是人间的东西，希望你们不要怀疑。"说完这些话，王臻就走了。这些酒肉看起来肥厚、淳香至极。到了华阴县，三人还像之前一样，夜晚相聚，白日分开。这一日，辛、成二人住在灞上，王臻再次到来，说："此次迎接天子升天，是人世间看不到，也是预测不到的，辛君或许能看上一看。"成士廉问道："为什么只让辛君看，单单抛下了我？"王臻回答："观看这样的场面，会给人带来衰运。成君你的命稍薄，所以不能观看，并不是我偏心。二位进入长安城后，住在开化坊西门北壁上第二板门王家。二位可以直接进去。辛君请务必在初五时，在灞桥西的古槐下等我。"

到了初五那日，辛公平步行前往灞桥西，这时突然刮起了旋风，卷起了飞尘，他只能缓慢前行。到了古槐下，辛公平还未站定，忽然又刮来一阵风，这阵风直接扑向树林。转眼间，就见一人一马来到辛公平的面前，原来是王臻。王臻骑着马，又牵着一匹马，呼唤着辛公平赶快上马。辛公平骑上马后，便看见前后左右都是金戈铁马，阻塞了道路。王臻带着辛公平谒见大将军。只见那将军身高一丈多，甚是魁伟，向辛公平作揖道："我听说您多有恭敬之心，真的是对天下人以诚相待，鬼神都不敢欺瞒，更何况是人呢？"将军又对王臻说："辛公平既然是你召来的，你就应该尽尽主人的本分。"辛公平便与他们同行。一行人进入通化门，穿过各条街道，各有官吏士兵迎接跪拜。到了天门街，有个穿紫衣的小吏，似乎是要设宴待客，说道："人太多了，这里安排不下，还请就近安排分配。"将军同意了。于是兵分五路，只有将军与亲卫在颜鲁公庙住下。酒宴上的美味佳肴应有尽有，其中有能让辛公平吃的，也有不能让辛公平吃的。王臻说："在人世间授官，都是得到了阴司的命令。因为我在阳间得到了你们二人的厚待，已经挑选出好的差事，但是根据阴司官籍记录，你应当先被贬黜，但只是一个小官罢了。我向阴司为你求得了功名，又加了官等，吏曹已经同意了。"

住了几天，将军说："时限将尽，可这里是皇宫道场，万神都在庇佑皇帝，我们没有办法迎接天子升天，怎么办呢？"王臻说："可以向各处官府下通牒，请他们到宫中宴饮，这样，宴饮的时候，这里荤腥之味大作，那些庇佑皇帝的神祇自然就会远去。那个时候，咱们就可以迎驾升天了。"于是，将军就按照王臻所说下了通牒，会宴宾客。通牒已下，顷刻之间就得到回报说："夜宴已经安排好了。"于是，将军带着兵马，戌时一同进入光范门及其他各门。看门的小吏都侍立在宣政殿下迎接。只见有骑兵三百名，其余步行，将军身披金甲，手持金钺，站在众人宴饮的宫殿之下等候，另外五十名随从，带着兵器包围了宫殿，好像是要防备意外的事件。而宫殿之上，歌舞欢娱，俳优赞美歌咏，殿内灯火辉煌，丝竹之声不绝于耳。过了一会儿，三更四点之时，一人走上殿来，只见此人留着又密又长的胡子，穿着绿衣黑裤，袖口是红色的，披着画有虹霓式样的紫色绉纱，在两肩和右侧的腋下之间打了一个结，两端一直垂到后背，头戴一顶皮制的冠，既不是虎皮，也不是豹皮，还用红色的毛毡来装饰，其模样让人害怕。众人都没注意到他是从哪儿来的，只见他手拿着一把金匕首，长有一尺余，来到将军面前，拱了拱手，拉长声音道："时辰已到。"将军听后，皱着眉头，向他揖了揖手。那人应声而走，从西厢沿着台阶而上，到了御座之前，跪着向皇帝献上了匕首。不一会儿，左右的人们开始交头接耳，皇帝此时也开始头昏目眩，音乐突然停止，旁人把皇帝扶入西阁休息，很久没有再出来。将军这时问道："皇帝升天之期，片刻也不能耽误，既然已经晏驾，为什么还不出发？"回答说："给皇帝沐浴之后，即可上路。"说完，将军马上听到了皇帝沐浴的声音。三更之时，皇帝乘着碧玉的车子，由六个身穿青衣，衣上画着龙凤的力士抬下殿来。将军揖首道："身穿甲胄，无法向皇帝叩拜。"然后，他又安慰皇帝说："人间纷扰，日理万机，辛苦一世，淫靡之音不绝于耳，妖艳之色迷惑内心，皇帝您的纯真朴素之心，现在还能够存在吗？"皇帝听后，回答："我心并非金石，既然看见、听到了，内心能不被搅乱吗？现在我已经舍弃这些，离开了人世，也将这些纷扰放下而释然了。"将军笑了笑，便从殿内接引，再领两翼甲兵而出。自内阁起，一直到各个门，小吏没有不哭着向皇帝辞别的，还有极其哀痛，抚着皇帝的车驾不忍离去的。当车驾过了宣政殿，二百名骑兵引路，三百名骑兵扈从，如风如雷一般，突然向东而去，出望仙门。

目睹了皇帝升天的整个过程之后，将军便命令王臻送辛公平回去。二人勒马，离开了队伍，不知不觉中来到了一户人家的板门之前。王臻说："这里是开化坊王家的宅第，是成士廉住的地方。现在仙驾已远，我也要赶快走了，不能与你二人从容告别。请替我多谢成君。"说完这些话，王臻就骑上马，扬长而去，忽然消失了。随后，辛公平敲了敲门，有人应答，果然是成士廉。辛公平始终没有把他的所见所闻泄露出去。又过了几个月，才传来皇帝驾崩的消息。第二年，辛公平被授官，成为扬州江都县簿，成士廉被授官，成为兖州瑕丘县丞，这一切都如王臻当日所说。

元和初年，我出任彭城县令，而辛公平之子出任徐州参军，所以我能详细地听说这件事，并且记录下来，用以警示那些在人生道路中傲慢的人。

定婚店

李复言

原文

杜陵韦固，少孤，思早娶妇。多歧求婚，必无成而罢。贞观二年，将游清河，旅次宋城南店，客有以前清河司马潘昉女见议者。来日先明，期于店西龙兴寺门。固以求之意切，且往焉。

斜月尚明，有老人倚布囊，坐于阶上，向月捡书。固步觇^①之，不识其字，既非虫篆、八分^②、科斗之势，又非梵书。因问曰："老父所寻者何书？固少小苦学，世间之字，自谓无不识者。西国梵字，亦能读之。唯此书目所未觌^③，如何？"老人笑曰："此非世间书，君因何得见？"固曰："非世间书，则何也？"曰："幽冥之书。"固曰："幽冥之人，何以到此？"曰："君

《定婚店》出自李复言撰《续玄怪录》，宋李昉录于《太平广记》卷一百五十九定数十四。

① 觇：偷偷地查看。

② 八分：一种字体，跟"隶书"相近。这种字体，一般认为左右分背，势有波磔，故称"八分"。

③ 觌（dí）：见，相见。

行自早，非某不当来也。凡幽吏，皆掌人生之事，掌人可不行其中乎？今道途之行，人鬼各半，自不辨尔。"固曰："然则君又何掌？"曰："天下之婚牍耳。"固喜曰："固少孤，常愿早娶，以广胤嗣④。尔来十年，多方求之，竟不遂意。今者人有期此，与议潘司马女，可以成乎？"曰："未也。命苟未合，虽降衣缨而求屠搏⑤，尚不可得，况郡佐乎？君之妇适三岁矣，年十七当入君门。"因问囊中何物，曰："赤绳子耳。以系夫妻之足。及其生则潜用相系，虽仇敌之家，贵贱悬隔，天涯从宦，吴楚异乡，此绳一系，终不可逭⑥。君之脚已系于彼矣，他求何益！"曰："固妻安在？其家何为？"曰："此店北卖菜陈婆女耳。"固曰："可见乎？"曰："陈尝抱来，鬻菜于市，能随我行，当即示君。"

及明，所期不至。老人卷书揭囊而行，固逐之，入菜市。有眇⑦妪抱三岁女来，弊陋亦甚。老人指曰："此君之妻也。"固怒曰："煞⑧之可乎？"老人曰："此人命当食天禄，因子而食邑，庸可煞乎？"老人遂隐。固骂曰："老鬼妖妄如此！吾士大夫之家，娶妇必敌，苟不能娶，即声伎之美者，或援立之，奈何婚眇妪之陋女！"磨

④ 胤嗣：后嗣，后代。

⑤ 降衣缨而求屠搏：降低衣冠簪缨之家的尊贵去求娶贫贱人家的女儿。

⑥ 逭（huàn）：逃避。

⑦ 眇：瞎了一只眼，后亦指两眼俱瞎。

⑧ 煞：同"杀"。

一小刀子，付其奴曰："汝素干事，能为我煞彼女，赐汝万钱。"奴曰："诺。"明日，袖刀入菜行中，于众中刺之而走。一市纷扰，固与奴奔走获免。问奴曰："所刺中否？"曰："初刺其心，不幸才中眉间。"

尔后固屡求婚，终无所遂。又十四年，以父荫参相州军。刺史王泰，俾⑨摄⑩司户掾⑪，专鞫⑫词狱。以为能，因妻以其女。可年十六七，容色华丽，固称惬之极。然其眉间常帖一花子，虽沐浴闲处，未尝暂去。岁余，固讶之。忽忆昔日奴刀中眉间之说，因逼问之，妻潜然曰："妾郡守之犹子也，非其女也。畴昔父曾宰宋城，终其官。时妾在襁褓，母兄次没，唯一庄在宋城南，与乳母陈氏居。去店近，鬻蔬以给朝夕。陈氏怜小，不忍暂弃。三岁时，抱行市中，为狂贼所刺，刀痕尚在，故以花子覆之。七八年前，叔从事卢龙，遂得在左右。仁念以为女，嫁君耳。"固曰："陈氏眇乎？"曰："然。何以知之？"固曰："所刺者固也。"乃曰："奇也，命也。"因尽言之，相敬愈极。

后生男鲲，为雁门太守，封太原郡太夫人。乃知阴骘之定，不可变也。宋城宰闻之，题其店曰"定婚店"。

⑨ 俾：使。

⑩ 摄：代理。

⑪ 司户掾：职官名，主掌地方上户口、钱粮、财物等。

⑫ 鞫（jū）：审问犯人。

译文

　　杜陵有个书生叫韦固，年少之时便成了孤儿，想着早点儿娶上媳妇。然而，他的求婚之路总是出现差错，都是无疾而终。贞观二年，韦固去清河游学，住在宋城南店，有个客人把前任清河司马潘昉的女儿介绍给他，让他议亲，约好第二日清晨在店西的龙兴寺门口相见。但韦固求亲心切，第二日天一亮便跑了过去。

　　此时，还有斜月挂在天空，只见一位老人倚着布囊，坐在台阶上，借着月光去捡掉在地上的书。韦固走过去，偷偷地瞧那本书，却不认识那上面的字，既不是小篆、八分、蝌蚪文，也不是梵文。他问那位老人："老丈，您捡的是什么书？我自小便苦读，这世间上的字，我自认没有不认识的。就连西方天竺的梵文，我也能读懂。只有这本书上所写的字，多从未见过，这是怎么回事？"老人回答说："这是幽冥之书。"韦固又问道："你既然是幽冥之人，为何到这里来？"老人回答："是你来得早了，并不是我不应当来。凡是幽冥界的小吏，都掌管着人世间的事，既然掌管人世间之事，岂能不在人世间行走？如今行走在这条道路上的，人和鬼各占一半，你一个俗世之人，自然分辨不出。"韦固又问："既是如此，那么老丈您掌管的是人世间的什么事？"那位老人回答："天下人的婚姻簿。"韦固听后，高兴地说："我从小是孤儿，常常希望早些娶妻成家，生下子嗣，继承韦家香火。

近十年以来，多方求娶婚姻，最终都没能成功。今天就是有人约我到此，与潘司马的女儿议亲，您看能成功吗？"老人回答说："不能成功。原本就是命不该合，即使是降低衣冠簪缨之家的尊贵去求娶贫贱人家的女儿，尚且都不能成功，况且你还是要求娶那郡佐家的女儿呢！你的妻子现在才三岁，等她年满十七时，就能嫁到你家。"韦固又问老人的行囊中装的是什么。那位老人回答："是红绳，用来系住本为夫妻的男女之足。等到他们出生之时，就偷偷地用红绳系住他们的脚，即使原本生在仇敌之家，或贵贱悬殊，或一人为做官去了天涯海角，或一在吴地一在楚地，只要系上这红绳，就谁都逃不掉。你的脚已经与那女子的脚系在了一起，你要求娶别人，又怎么能求娶得到呢？"韦固又问："那么，我的妻子现在在哪儿？她的家里是做什么的？"老人答道："这家店往北，有个卖菜的陈婆，她的女儿就是了。"韦固又说："我可以见一见吗？"老人说："陈婆经常抱着她，在集市卖菜，你随我来，我指给你看。"

等到天亮，与韦固相约的人并没有到。老人便卷起书，背起行囊，上了路。韦固追上他，来到了集市。只见有一个瞎了一只眼的妇人抱着一个三岁的女孩儿走了过来，女孩儿长得非常丑陋。老人指着那个被抱着的女孩儿说："那就是你的妻子。"韦固生气地说道："杀了她可以吗？"老人说："此女命中注定要享有天赐的福禄，因为她的儿子而享有食邑，怎么能杀了她呢？"说完，老人就不见了。韦固骂道："这老鬼的话竟然如此怪异荒诞！我一个士大夫之家，娶的妻子一定要门当户对，如果不能，美貌的歌伎舞女或许可以扶为正室，但怎么会娶瞎眼妇人的丑陋的女儿呢？"韦固马上磨好了一把小刀，交给仆人说："你向来有能力处理各种事务，如果你替我杀了那个女孩儿，我就赏赐给你一万钱。"那仆人回答说："好。"第二天，那仆人把小刀藏在袖子里，来到集市，在人群中刺了那女孩儿一刀就跑了。整个集市被搅得一团糟，韦固和仆人就在混乱之中逃跑了。后来，韦固问他的仆人："你刺中那女孩儿了吗？"仆人答道："刚开始是想刺入她的心脏，可是，不幸我只刺中了眉心的位置。"

此后，韦固屡次求婚，都没有成功。又过了十四年，因为韦固父亲的功绩，朝廷就任命他为相州参军。相州刺史王泰兼任了司户掾，专门负责审理案件。王泰认为韦固很有能力，就把女儿嫁给了他。王泰的女儿十六七岁，有着花容月貌，韦固非常称心如意。但是，这女子的眉间经常贴着一个花钿，即使是在沐浴休息的时候，也从来没有摘下那枚花钿。二人成婚一年多，一直如此。韦固非常惊讶，忽然想起多年前他的仆人说过，用刀刺中了那个女孩儿的眉间，所以他就逼问妻子。妻子潸然泪下，说道："其实，我是刺史的侄女，并不是他的女儿。以前我的父亲曾在宋城做县令，死在了任上。那时我尚在襁褓之中，母亲和兄长相继离世，只在宋城南留下一处庄院，乳母陈氏带着我一起住在那里。因为那里离客店很近，所以乳母就卖些蔬菜来维持生活。陈氏可怜我年龄还小，不忍心抛弃我，就一直带着我。三岁的时候，她把我抱到集市，被狂贼用刀刺中眉心，刀疤现在还在，所以就贴上花钿来遮掩。七八年前，我的叔叔来到卢龙县做官，我才得以跟在他的身边。叔叔仁心，把我当作他的女儿，如今又嫁给了你。"韦固听后，又问道："你的乳母陈氏瞎了一只眼睛吗？"妻子回答："是啊，你是如何得知的？"韦固答道："其实刺伤你的就是我啊！"妻子又说："真是一件怪事，这都是命啊！"韦固把前前后后所发生的一切都告诉了妻子，此后，二人更加相敬如宾。

后来，二人有了一个儿子，名为韦鲲，为雁门太守，韦固之妻则被封为"太原郡太夫人"。由此才知，命中注定之事不可改变。宋城的县令听说了这件事，就把韦固住过的店题名为"定婚店"。

车中女子

皇甫氏

原文

唐开元中，吴郡人入京应明经举。至京，因闲步坊曲。忽逢二少年着大麻布衫，揖此人而过，色甚卑敬。然非旧识，举人谓误识也。后数日，又逢之，二人曰："公到此境，未为主。今日方欲奉迓①，邂逅相遇，实慰我心。"揖举人便行，虽甚疑怪，然强随之。

抵数坊，入东市一小曲内，有临路店数间，相与直入，舍宇甚整肃。二人携引升堂，列筵甚盛。二人与客，据绳牀②坐定于席前。更有数少年，各二十余，礼颇谨。数出门，若伫③贵客。至午后，方云来矣。闻一车直门来，数少年随后，直至堂前。乃一钿车，卷帘，见一女子从车中出，年可十七八，容色甚佳，花梳满

《车中女子》出自皇甫氏撰《原化记》，宋李昉录于《太平广记》卷一百九十三豪侠一。

① 奉迓：敬词，迎接。

② 绳牀："牀"同"床"。绳牀，是古代一种可折叠、有靠背、扶手的轻便坐具。

③ 伫：企盼，等待。

髻，衣则纨素。二人罗拜，此女亦不答。此人亦拜之，女乃答。遂揖客入宴，女乃升床，当局而坐，揖二人及客，乃拜而坐。又有十余后生，皆衣服轻新，各设拜，列坐于客之下。陈以品味，馔至精洁。饮酒数巡，至女子，执杯顾问客："闻二君奉谈，今喜展见，承有妙技，可得观乎？"此人卑逊辞让云："自幼至长，唯习儒经，弦管歌声，辄未曾学。"女曰："所习非此事也。君熟思之，先所能者何事？"客又沉思良久曰："某唯学堂中，著靴于壁上行得数步。自余戏剧，则未曾为之。"女曰："所请只然，请客为之。"遂于壁上行得数步。女曰："亦大难事。"乃回顾坐中诸后生，各令呈技。俱起设拜，然后有于壁上行者，亦有手撮椽子行者，轻捷之戏，各呈数般，状如飞鸟。此人拱手惊惧，不知所措。少顷，女子起，辞出。举人惊叹，恍恍然不乐。

经数日，途中复见二人，曰："欲假盛驷，可乎？"举人曰："唯。"至明日，闻宫苑中失物，掩捕失贼，唯收得马，是将驮物者。验问马主，遂收此人，入内侍省勘问。驱入小门，吏自后推之，倒落深坑数丈。仰望屋顶七八丈，唯见一孔，才开尺余。自旦入，至食时，见一绳绸一器食下。此人饥急，取食之。食毕，绳又引去。深夜，此人忿甚，悲惋何诉。仰望，忽见一物如鸟飞下，觉至身边，乃人也。以手抚生，谓曰："计甚惊怕，然某在，无虑也。"听其声，则向所遇女子也。云："共君出矣。"以绢重系此人胸膊讫，绢一头系女人身。女人耸身腾上，飞出宫城，去门数十里乃下，云："君且便归江淮，求仕之计，望俟他日。"此人大喜，徒步潜窜，乞食寄宿，得达吴地。后竟不敢求名西上矣。

唐玄宗开元年间，有一个吴郡人进京赶考。到达京城后，他在街巷间闲逛，忽然遇到两个少年，穿着麻做的宽大布衫，向他作揖行礼，表现得谦卑恭敬。但吴郡人与这两个少年并不相识，举人认为是认错了人。后来，过了几天，这个吴郡人又与那两个少年相遇。这次，两少年说道："您来到这里，我们还没有作为主人来招待您，今天刚要去迎接您，又在这里偶然相遇，我们心中实在是高兴。"说完，他们就向这个吴郡人作揖行礼，请他随行。吴郡人感到疑惑、奇怪，但还是跟随着他们。

走过几个巷子，进入东市的一个小巷子里，有个临街的小店，吴郡人和这两个少年一直走进去，只见里面的房舍整齐肃穆。两个少年把吴郡人引至正堂，那里摆了丰盛的酒宴。三个人靠着绳床，坐在了饭桌前。同时还有二十多个少年，礼数颇为恭敬。他们频频出门探看，好像在等待贵客。到了午后，门外才传来"来了"的声音。他们便听到有一辆车直接入门，很多少年跟随其后，一直来到厅堂之前。只见有一驾用

金花装饰的车子，卷起门帘，一个女子从车上走下来，十七八岁，容貌很美，发髻上簪了很多花，但衣服是素白的绸缎所缝。带吴郡人来的那两个少年，围着那女子行拜礼，但女子没有回礼。吴郡人随后也向女子行了拜礼，女子这才有了应答，并邀请客人入宴。女子坐在酒宴的正席，向吴郡人和那两个少年拱了拱手，三人又行了拜礼，坐了下来。后来又有十多个年轻人穿着新衣服，分别向那女子行礼，然后依次坐在吴郡人下首的位置。酒宴之上摆满了各种美味，酒菜极为精致清洁。酒过数巡，轮到那女子敬酒，女子拿着酒杯，看着那吴郡人，问道："听两位谈论过您，今天非常高兴能与您相见，听说您有奇妙的技艺，可以让我们观看吗？"吴郡人谦虚恭谨地推辞说："我从小到大，只学习过儒家经典，乐器、唱歌之类，从不曾学。"女子听后，说道："我所问的，并不是这些，您仔细想想，以前擅长的是什么？"吴郡人沉思良久，说道："我只是曾经在学堂中，穿着靴子在墙壁上走了几步，其他的技艺，则从来没有做过。"女子听后便说："我请您展现的就是这个，请您表演一下，我们看看。"于是，那吴郡人就在墙壁上走了几步。那女子又说："这也是一件很困难的事。"说完，她又回头看了看座位上的年轻后生，令他们每人都展现各自的技能。那些年轻人就都站起身来，向那女子行了拜礼，之后，便各自展现本领。有在墙壁上行走的，也有手撮橡子行走于空中的快速敏捷的功夫，每个人都展示出多种技艺，状如飞鸟。吴郡人拱了拱手，感到非常吃惊，不知所措。过了一会儿，女子站起身来，告辞离开。女子走后，吴郡人惊叹连连，变得心神恍惚，闷闷不乐。

又过了几天，吴郡人又遇到那两个少年。二人说道："我们想借尊驾的马，可以吗？"吴郡人回答："当然可以。"到了第二天，就听说宫中失窃，下令逮捕盗贼，但盗贼没有抓到，却抓到了一匹马，还驮着赃物。抓捕的官吏检验查问马的主人，便把那吴郡人抓了去，送入内侍省审问。差役把吴郡人赶进了一个小门，从背后一推，他就跌入了一个数丈深的坑里。从坑里向上望去，距离屋顶有七八丈高，屋顶上只有一个小孔，才一尺见方。从清晨被关进来，一直到吃晚饭的时候，吴郡人才看见一根绳子拴着一个装有食物的食具吊了下来。吴郡人饿坏了，拿起里面的东西就吃。吃过之后，那绳子又拉了回去。深夜的时候，吴郡人对所发生的一切感到非常气愤，但又悲叹无处诉说。他仰头而望，忽见有一物如同鸟儿一样飞了下来，感觉来到了自己的身边，原来是一个人。这个人用手轻抚着吴郡人，对他说："我有办法带你出去，但这种方法会让你受惊害怕，但是有我在，不要担心。"听这声音，原来是之前所遇到的女子。那女子又说："我和你一起出去。"说完，她就用绢绳的一头系在吴郡人的胸前，另一头则系在自己的身上。只见那女子耸身腾跃而上，飞出了宫城之外，离城门数十里才落下来。她对吴郡人说道："公子暂且回到江淮，如想要仕宦，还请等待他日。"吴郡人大喜，步行着偷偷逃走了，一路上乞食借宿，回到了吴郡。此后，这个吴郡人竟然再也不敢西去京城求取功名了。

张仲殷

皇甫氏

原文

户部侍郎张滂之子，曰仲殷，于南山内读书，遂结时流子弟三四人。仲殷性亦聪利，但不攻文学，好习弓马，时与同侣挟弹，游步林薮。去所止数里，见一老人持弓，逐一鹿绕林，一矢中之，洞胸而倒。仲殷惊赏，老人曰："君能此乎？"仲殷曰："固所好也。"老人曰："获此一鹿，吾无所用，奉赠君，以充一饭之费。"仲殷等敬谢之。老人曰："明日能来看射否？"明日至，亦见老人逐鹿，复射之，与前无异。复又与仲殷，仲殷益异之。如是三度，仲殷乃拜乞射法。老人曰："观子似可教也，明日复期于此，不用令他人知也。"

《张仲殷》出自皇甫氏撰《原化记》，宋李昉录于《太平广记》卷三百零七神十七。

仲殷乃明日复至其所，老人还至，遂引仲殷西行四五里，入一谷口，路渐低下，如入洞中，草树有异人间。仲殷弥敬之。约行三十余里，至一大庄，如卿相之别业焉。止仲殷于中门外厅中，老人整服而入，有修谒①之状。出曰："娘知君来此，明日往相见。"仲殷敬诺，而宿于厅。至明日，敕奴仆与仲殷备汤沐，更易新衣。老人具馔于中堂，延仲殷入拜母。仲殷拜堂下，母不为起，亦无辞让。老人又延升堂就坐，视其状貌，不多类人，或似过老变易，又如猿玃之状。其所食品物甚多，仲殷食次，亦不见其母动匕箸，倏忽而毕，久视之，敛坐如故。既而食物皆尽，老人复引仲殷出，于厅前树下，施床而坐。老人即命弓矢，仰首指一树枝曰："十箭取此一尺。"遂发矢十只，射落碎枝十段，接成一尺。谓仲殷曰："此定如何？"仲殷拜于床下，曰："敬服。"又命墙头上立十针焉，去三十步，举其第一也，乃按次射之，发无不中者也。遂教仲殷屈伸距跗之势，但约臂腕骨，臂腕骨相挂，而弓已满，故无强弱，皆不费力也。

数日，仲殷已得其妙，老人抚之，谓仲殷曰："止

① 修谒：进见（地位或辈分高的人）。

于此矣，勉驰此名，左右各教取五千人，以救乱世也。"遂却引归至故处。而仲殷艺日新，果有善射之名。受其教者，虽童子妇人，即可与谈武矣。后父卒，除服，偶游于东平军，乃教得数千人而卒。其老人盖山神也。善射者必趫度通臂②，故母类于猿焉。

② 趫度通臂：身手矫捷，双臂很长。

译文

户部侍郎张滂的儿子，叫仲殷，在南山内读书时，便结识了当时的三四个世俗之人。张仲殷也是个聪明伶俐之人，但不喜欢文学，而喜欢射箭骑马。他常常和同伴一起带着弹弓，在林间打猎。有一次，他们又去林间打猎，在离开住处仅数里的地方，见一位老人拿着弓箭，追着一只鹿绕着树林跑，一箭就射中了那只鹿，鹿因胸部被射穿而倒地。张仲殷又惊讶又赞赏。老人问："你可以这样吗？"张仲殷回答说："这本来就是我喜欢的。"老人接着说："我猎到了此鹿，也没有什么用处，就把它送给你吧！你们也可以当作一顿饭了。"张仲殷等人拜谢。老人又说："明天还来看打猎吧！"第二天，张仲殷又来到了此处，又看见那老人在追着鹿

跑，然后又射中一只鹿，与前一天发生的情况没有什么不同。后来，老人还是把这只鹿给了他，张仲殷更加奇怪了。像这样发生了三次一模一样的事情之后，张仲殷向老人行了拜礼，请教射箭之法。老人说："我看你是可以教授的，明日还约在此处见面，不要让其他人知道。"

张仲殷在第二天又来到同一个地方。老人再次到来，带张仲殷向西行了四五里，进入了一个谷口，道路渐渐下沉，好像进入了洞中，这里的草木和人间大不相同。张仲殷知道有异，对老人就更加尊重了。走了三十多里，来到一个大庄子，就好像公卿将相的别墅。到了中门外厅，老人叫住了张仲殷，自己整理好衣服进了门，好像是去觐见什么人。后来，老人又出了门，对张仲殷说："我的母亲知道您来到这里，明天让我们前去相见。"张仲殷遵命，当晚就住在厅堂。到了第二天，老人令奴仆给张仲殷准备热水沐浴，更换新衣。老人在中堂准备了饭食，引领着张仲殷进入内堂，拜见自己的母亲。张仲殷来到堂前跪拜，老人的母亲并没有为他站起身，也没有推辞礼让。之后，老人又带着张仲殷于堂前就座，张仲殷看着那老妇人，不像是人，或许是因为年岁大了，改变了容貌，又好像是猿猴。他们吃了很多东西。张仲殷吃饭之时，也不见老人的母亲动一下羹匙和筷子，但转瞬间，眼前的东西就吃光了。张仲殷注视了她很久，但这老妇人仍然如之前一样静坐不动。不久，吃完了饭，老人又带着张仲殷走出房门，在厅堂之前的一棵树下放了一张坐床，二人坐了下来。之后，老人命人拿了弓和箭，抬起头指着一根树枝，对张仲殷说："用十支箭，射下一尺树枝。"说完，老人就开始射箭，射了十支箭，射落了十段碎枝，连接到一起，一共一尺。他问张仲殷说："这么定，如何？"张仲殷在坐床下向老人叩拜，说："非常佩服。"老人又命人在墙头上插十根针，再离开三十步，举起箭射向第一根针，之后又按照顺序依次射箭，没有不射中的。之后，老人就开始教张仲殷如何射箭，运用曲臂、伸展、跳跃、匍匐等姿势，主要就是要约束两臂，用腕力，手臂与手腕相互支撑，此时弓箭已经拉满，所以并没有强弓与弱弓之分，都不会费力气。

如此过了几日，张仲殷学到了老人射箭的精髓。老人又安抚鼓励他，对他说："就到这里停止吧！你要努力并以此来扬名，教会身边的五千人此种技能，来拯救乱世。"说完这些话，老人就带着张仲殷回到了原来的地方。从此，张仲殷的箭术日益精进，果然获得了善射之名。接受他教导的人，即使是孩子和女人，也能和他们谈论起"武"。后来，张仲殷的父亲去世，他服满孝期之后，偶然的机会来往于东平军中，教授了几千人箭术之后，就去世了。后来人们才知道，传授给他箭术的老人是山神。善于射箭的人，一定行动敏捷，有着一双长臂，所以这老人的母亲应该就是猿猴之类。

韦鲍生

李玫

原文

酒徒鲍生，家富蓄妓。开成初，行历阳道中。止定山寺，遇外弟韦生下第东归，同憩水阁。鲍置酒，酒酣，韦谓鲍曰："乐妓数辈焉在？得不有携挈者乎？"鲍生曰："幸各无恙。然滞维阳日，连毙数驷。后乘既阙，不果悉从，唯与梦兰、小倩俱，今亦可以佐欢矣。"顷之，二双鬟抱胡琴、方响①而至，遂坐鲍生之右，摐②丝击金，响亮溪谷。酒阑，鲍谓韦曰："出城得良马乎？"对曰："予春初塞游，自鄜、坊③历乌延④，抵平夏⑤，止灵、盐⑥而回。部落骓骏⑦获数匹，龙形凤颈，鹿胫凫膺，眼大足轻，脊平肋密者，皆有之。"鲍拊掌大悦。乃停杯命烛，阅马于轩槛前数匹，

《韦鲍生》出自李玫撰《纂异记》，宋李昉录于《太平广记》卷三百四十九鬼三十四。

① 方响：古磬类打击乐器。由十六枚大小相同、厚薄不一的长方铁片组成，分两排悬于架上。用小铁槌击奏，声音清浊不等。创始于南朝梁，为隋唐燕乐中常用乐器。

② 摐（chuāng）：敲击。

与向来夸诞，十未尽其八九。韦戏鲍曰："能以人换，任选殊尤。"鲍欲马之意颇切，密遣四弦，更衣盛妆。顷之乃至，命捧酒劝韦生，歌一曲以送之，云："白露湿庭砌，皓月临前轩。此时颇留恨，含思独无言。"又歌送鲍生酒云："风飐荷珠难暂圆，多生信有短姻缘。西楼今夜三更月，还照离人泣断弦。"韦乃召御者，牵紫叱拨⑧以酬之。鲍意未满，往复之说，紊然无章。

有紫衣冠者二人，导从甚众，自水阁之西，升阶而来。鲍、韦以寺当星使交驰之路，疑大寮⑨夜至，乃恐悚入室，阖户以窥之。而杯盘狼藉，不暇收拾。时紫衣即席，相顾笑曰："此即向来捐妾换马之筵。"因命酒对饮。一人须髯甚长，质貌甚伟，持杯望月，沉吟久之，曰："足下盛赋云：'斜汉左界，北路南躔。白露暖空，素月流天。'可得光前绝后矣。"对曰："殊不见赏'风霁地表，云敛天末。洞庭始波，木叶微脱'！"⑩长须云："数年来在长安，蒙乐游王引至南宫，入都堂⑪，与刘公幹⑫、鲍明远⑬看试秀才。予窃入司文之室，于烛下窥能者制作。见属对颇切，而赋有蜂腰鹤膝之病，诗有重头重尾之犯。若如足下'洞庭''木

③ 鄜、坊：鄜指鄜州，一般指富县，位于陕西北部，延安市南部。坊指坊州，以州界内马坊得名，辖境相当于今陕西黄陵、宜君两县及洛川县南部地区。

④ 乌延：指乌延城，又名乌水城、乌城。故址在今陕西靖边县镇靖古城。

⑤ 平夏：遗址位于今宁夏回族自治区固原市原州区西北。

⑥ 灵、盐：灵指灵州，今属宁夏灵武。盐指盐州，在灵州东，今属陕西定边县。

⑦ 驵骏（zǎng jùn）：壮马、骏马之意。

⑧ 紫叱拨：骏马名。

⑨ 寮：假借为"僚"，官员的意思。

⑩ "斜汉左界，北路南躔。白露暖空，素月流天""风霁地表，云敛天末。洞庭始波，木叶微脱"皆出自南朝宋文学家谢庄的《月赋》。

⑪ 都堂：唐尚书省署居中，东有吏、户、礼三部，西有兵、刑、工三部，尚书省的左右仆射总辖各部，称为都省，其总办公处称为都堂。宋金尚之。

⑫ 刘公幹：刘桢，字公幹，东平宁阳人。东汉末年名士、诗人，"建安七子"之一。

叶'之对，为纰谬矣。小子拙赋云：'紫台稍远，燕山无极。凉风忽起，白日西匿。'⑭则'稍远''忽起'之声，俱遭黜退矣。不亦异哉！"顾谓长须曰："吾闻古之诸侯，贡士于天子，尊贤劝善者也。故一适谓之好德，再适谓之尊贤，三适谓之有功，乃加九锡；不贡士，一黜爵，再黜地，三黜爵地。夫古之求士也如此，犹恐搜山之不高，索林之不深，尚有遗漏者，乃每岁季春，开府库，出币帛，周天下而礼聘之。当是时，儒墨之徒，岂尽出矣！智谋之士，岂尽举矣！山林川泽，岂无遗矣！日月照临，岂得尽其所矣！天子求之既如此，诸侯贡之又如此，聘礼复如此，尚有栖栖于岩谷，郁郁不得志者。吾闻今之求聘之礼缺矣，贡举之道隳⑮矣。贤不肖同途焉，才不才汩汩焉。隐岩穴者，自童髫穷经，至于白首焉；怀方策者，自壮岁力学，讫于没齿焉。虽每岁乡里荐之于州府，州府贡之于有司。有司考之诗赋，蜂腰鹤膝，谓不中度，声音清浊，谓不协律。虽有周、孔之贤圣，班、马之文章，不由此制作，靡得而达矣。然皇王帝霸之道，兴亡理乱之体，其可闻乎？今足下何乃赞扬今之小巧，而隳张古之大体？况予乃

⑬ 鲍明远：鲍照，名照，字明远，东海（今江苏省涟水县北）人，一说上党（今属山西），可能是指东海鲍氏的祖籍，南朝宋文学家。

⑭ "紫台稍远，燕山无极。凉风忽起，白日西匿"出自南朝梁江淹的《恨赋》。

⑮ 隳（huī）：毁坏，崩毁。

'愬皓月长歌'之手，岂能欢于雕文刻句者哉！今珠露既清，桂月如昼，吟咏时发，杯觞间行，能援笔联句，赋今之体调一章，以乐长夜否？"曰："何以为题？"长须云："便以'妾换马'为题，仍以'捨彼倾城，求其骏足'为韵。"命左右折庭前芭蕉一片，启书囊，抽毫以操之，各占一韵。长须者唱云："彼佳人兮，如琼之瑛；此良马兮，负骏之名。将有求于逐日，故何惜于倾城？香暖深闺，永厌桃花之色；风清广陌，曾怜喷玉之声。"紫衣曰："原夫人以矜其容，马乃称其德。既各从其所好，谅何求而不克。长跪而别，姿容休耀其金钿；右牵而来，光彩顿生于玉勒。"长须曰："步及庭砌，效当轩墀。望新恩，惧非吾偶也；恋旧主，疑借人乘之。香散绿骏，意已忘于鬒发⑯；汗流红颔，爱无异于凝脂。"紫衣曰："是知事有兴废，用有取舍。彼以绝代之容为鲜矣，此以轶群之足为贵者。买笑之恩既尽，有类卜之；据鞍之力尚存，犹希进也。"赋四韵讫，芭蕉尽。

韦生发箧取红笺，跪献于庑下。二公大惊曰："幽显路殊，何见逼之若是？然吾子非后有爵禄，不可与

⑯鬒发：女子头发黑而浓密。

鄙夫相遇。"谓生曰："异日主文柄，较量俊秀轻重，无以小巧为意也。"言讫，二公行十余步间，忽不知其所在矣。

译文

唐朝时，有一个叫鲍生的酒徒，家里很富裕，蓄养了很多歌伎。开成初年的时候，他外出去历阳的途中，留宿在定山寺。正好遇见他的表弟韦生科考落榜东归，他们就一同在定山寺的水阁中休息。鲍生置办了酒席，喝到尽兴之时，韦生对鲍生说："那些歌伎在哪里？你能不带来吗？"鲍生回答说："幸好各自无恙。但是在维阳滞留的日子里，接连死了很多马。后来，马车就缺少了，她们无法全部跟随，只有梦兰和小倩一起跟来了，今晚也可以给我们助兴。"不一会儿，这两个头上梳着双鬟的歌伎就抱着胡琴、方响到了，坐在鲍生的右侧，弹琴敲击，乐声响彻溪谷。酒筵将尽之时，鲍生对韦生说："你出城买到良马了吗？"韦生说："我初春之时去塞外游历，从鄜县、坊州出发，历经乌延，到达平复，最后来到灵武之后返回。在当地的部落里买了几匹骏马，它们有的具有龙的外形、凤的脖颈；有的拥有鹿的小腿、野鸭的前胸；有的大眼，走路很轻；有的脊柱平滑，而肋骨排列得很密实。你想要的各种各样的马都有。"鲍生非常高兴，鼓起掌来。他命人停止酒宴，点起蜡烛，来到长廊前去查看那几匹马。那些马与韦生刚刚夸耀的相比，还不足十之八九。韦生对鲍生开玩笑说："如果能用人来交换，就任你们选择更好的马。"鲍生想要好马的心情非常迫切，就暗自派人找来四弦，换上新衣，画上浓妆。鲍生想用她来交换良马。四弦很快就到了，鲍生就让她劝韦生喝酒，四弦又唱了一曲送给韦生："白露湿庭砌，皓月临前轩。此时颇留恨，含思独无言。"之后又唱了一曲劝鲍生饮酒："风飐荷珠难暂圆，多生信有短姻缘。西楼今夜三更月，还照离人泣断弦。"韦生听过歌，召来看管马匹之人，让他牵着紫叱拨来酬谢鲍生把四弦送给自己。但鲍生对这马仍然不满意，只是反反复复地说想要更好的马，说得杂乱无章。

这时，出现了两个穿紫衣、戴紫冠的人，被很多人前呼后拥着，从水阁的西边登上台阶，向这里走来。鲍生、韦生以为是皇帝的使臣纷纷来到安定寺，心想那两个穿紫衣的人是大官，就惶惶不安地进入室内，把窗户关上，偷偷地往外看。而外面还是杯盘狼藉，来不及收拾。此时，穿紫衣的两人已来到席前就座。两个人互相看了看，笑着说："这就是刚才我们听到的以姜换马的酒席。"他们又命人拿起酒对饮起来。其中一人留着很长的胡须，身材高大魁梧，举起酒杯，望着月亮，久久沉吟，说："先生曾经在赋中写道：'斜汉左界，北路南躔。白露暖空，素月流天。'这几句可算是空前绝后的佳句。"另一人听过之后，回答说："你竟然不欣赏'风霁地表，云敛天末。洞庭始波，木叶微脱'这几句！"长须人则说："我在长安数年，承蒙乐游王引荐我到了南宫，进入了尚书省的都堂，与刘公幹、鲍明远共同主管科举取仕。我私下里进入了管文档的办公室，在灯烛下，看到了才士所写的科考文章。我看见那些诗文的对仗非常恰切，但就赋而言，就有了蜂腰鹤膝之病，而诗又有了重头又重尾的毛病。与先生您的'洞庭''木叶'的对仗，就有差距了。我本人的赋中，'紫台稍远，燕山无极。凉风忽起，白日西匿'中的'稍远''忽起'之句，都遭到了摒弃。这不是一样的道理吗？"另一紫衣人看了看长须人，说："我听说古代的诸侯，向天子举荐人才，那是他们尊崇贤能，勉励从善之人。所以说举荐一次就说他好德，举荐两次就说他尊重贤能，举荐三次就说他有功，给他赏赐；如果不举荐，轻则被解除爵位，再则没收封地，最后则是罢免爵位，没收封地。古代求取贤士是如此，还担心在山中寻找人才的时候爬得不够高，寻访的山林不够深，还会有遗漏的贤人，于每年季春之时，打开官府的仓库，拿出钱财，周济天下百姓而用厚礼来聘任那些有才之士。现在这个时候，儒家、墨家那些优秀的弟子，难道都被选拔出来了吗？那些有智有谋之士，难道都被举荐了吗？那些山川林泽，难道就没有遗漏的地方吗？日月高悬，难道照耀到所有的地方了吗？天子这样求贤若渴，诸侯这样举荐贤能，选聘人才的礼制这样完备，还是有隐居于山林而郁郁不得志的人。我听说现在选聘人才的制度有缺陷，举荐的道路被毁坏。贤能之人与不贤不肖之徒同道，有才之人与无才之人同流。隐居在山林的人，从孩童起就开始极力钻研经典古籍，一直到白首；胸怀谋略之人，从壮年时就立志于学，一直到衰老掉牙。即使每年乡里都向州府举荐人才，州府都向有司举荐人才，有司再考察这些被举荐上来的人才的诗赋，这些诗赋还是会出现问题，如蜂腰鹤膝，不符合规则，声音清浊不分，不合乎韵律。即使是有周公、孔子这样的圣贤，像班固、司马迁所写的文章，也不能创作出来，我们也看不到那样的文章了。然而，古代帝王称霸之道、兴亡治乱之理，还能听得到吗？现在先生为何赞扬如今诗赋创作的小技巧，而抛弃损害古代圣贤的大体呢？况且我是个'愿皓月长歌'之人，怎么会喜欢雕文琢句呢！现在露珠已散，明月高挂如白昼，颇有吟诗作赋之兴，咱们不如举杯畅饮，提笔联句，按照现在的诗体赋诗一首，度过欢乐的夜晚？"紫衣人问道："以什么为题呢？"长须人说："就以'妾换马'为题，仍然以'捨彼倾城，求其骏足'为韵。"他们又命左右侍者折下庭前的一片芭蕉叶，之后二人打开书囊，拿出毛笔，各用其中一个韵脚，挥毫写下诗赋。长须人边写边唱："彼佳人兮，如琼之瑛；此良马兮，负骏之名。将有求于逐日，故何惜于倾城？香暖深闺，永厌桃花之色；风清广陌，曾怜喷玉之声。"紫衣人接道："原夫人以矜其容，马乃称其德。既各从其所好，谅何求而不克。长跪而别，姿容休耀其金钿；右牵而来，光彩顿生于玉勒。"长须人又接道："步及庭砌，效当轩墀。望新恩，惧非吾偶也；恋旧主，疑借人乘之。香散绿骏，意已忘于鬈发；汗流红颔，爱无异于凝脂。"紫衣人又接道："是知事有兴废，用有取舍。彼以绝代之容为鲜矣，此以轶群之足为贵者。买笑之恩既尽，有类卜之；据鞍之力尚存，犹希进也。"二人将四韵赋完，那片芭蕉叶已经写满。

韦生看到这二人的芭蕉叶已经写满，就打开自己的箱子，拿出红纸来，跪在廊下，进献给二人。二人看到韦生，非常惊讶地说："我们与你阴阳殊途，怎么能像这样接近呢？然而，你是以后要封爵受禄的人，不能再与庸俗鄙陋之人相见。"又对韦生说："他日你会掌有考选文士的权柄，你在考量文士的优劣高下时，不要看重于小小的技巧。"说完这些话，这两个人走了十几步，就忽然失去了踪迹，不知去向。

一行

段成式

原文

　　玄宗既召见一行[①]，谓曰："师何能？"对曰："惟善记览。"玄宗因诏掖庭，取宫人籍以示之。周览既毕，覆其本，记念精熟，如素所习读。数幅之后，玄宗不觉降御榻，为之作礼，呼为"圣人"。

　　先是，一行既从释氏，师事普寂[②]于嵩山。师尝设食于寺，大会群僧及沙门，居数百里者，皆如期而至，聚且千余人。时有卢鸿[③]者，道高学富，隐于嵩山。因请鸿为文，赞叹其会。至日，鸿持其文至寺，其师受之，致于几案上。钟梵既作，鸿请普寂曰："某为文数千言，况其字僻而言怪，盍于群僧中选其聪悟者，鸿当亲为传授。"乃令召一行。既至，伸纸微笑，止于一

《一行》出自段成式撰《酉阳杂俎》前集卷五怪术类，宋李昉录于《太平广记》卷九十二异僧六。

① 一行（683—727）：唐代僧人，法号一行，俗家名张遂，魏州昌乐（今河南南乐）人。自幼聪敏，博览经史，精于历象、阴阳、五行之学。二十一岁出家，游学出嵩山、天台山。开元五年（717），玄宗召至长安，询治国之道。开元九年，受命改造新历。与梁令瓒同造黄道游仪，选取十二地点，实测天文，归算子午线一度之长度，撰《开元大衍历》。谥号大慧禅师，玄宗为制碑文。

② 普寂：生于 650 年，卒于 739 年，亦称普寂禅师，俗姓汤，河东（今山西永济）人。从神秀学禅法，尽得其道。开元初，居嵩山嵩阳寺，徒侣甚众，天下好禅者皆称受法其门。生性凝重寡言，持戒清慎，为世人所称。寂灭于上都兴唐寺。

③ 卢鸿：字浩然，本范阳人，徙家洛阳（今属河南）。博学能诗，颇善籀篆楷隶。隐于嵩山。开元初玄宗屡征不赴。开元六年（718），至东都洛阳，拟授谏议大夫，固辞还山，教授以终。

④ 攘袂：精神振作的样子。

⑤ 算：旧时计算数目所用器物的一种，以竹木及厚纸等制成，上面记有数字，用以布算。

⑥ 洛下闳：生于公元前 156 年，卒于公元前 87 年，字长公，天文学家，巴郡阆中（今四川阆中）人。他创制《太初历》，影响了中国历法结构；提出了浑天说，创新中国古代"宇宙起源"学说；发明"通其率"。

览，复致于几上。鸿轻其疏脱而窃怪之。俄而群僧会于堂，一行攘袂④而进，抗音兴裁，一无遗忘。鸿惊愕久之，谓寂曰："非君所能教导也，当从其游学。"

一行因穷大衍，自此访求师资，不远数千里。尝至天台国清寺，见一院，古松数十步，门有流水。一行立于门屏间，闻院中僧于庭布算⑤，其声籁籁。既而谓其徒曰："今日当有弟子求吾算法，已合到门，岂无人道达耶？"即除一算。又谓曰："门前水合却西流，弟子当至。"一行承言而入，稽首请法，尽受其术焉。而门水旧东流，今忽改为西流矣。

邢和璞尝谓尹愔曰："一行其圣人乎！汉之洛下闳⑥造《太初历》，云后八百岁当差一日，则有圣人定之，今年期毕矣。而一行造《大衍历》，正其差谬，则洛下闳之言信矣。"一行又尝诣道士尹崇，借扬雄《太玄经》。数日，复诣崇还其书。崇曰："此书意旨深远，吾寻之数年，尚不能晓。吾子试更研求，何遽还也。"一行曰："究其义矣。"因出所撰《大衍玄图》及《义诀》一卷以示崇，崇大嗟服，曰："此后生颜子⑦也。"

至开元末，裴宽为河南尹，深信释氏，师事普寂禅师，日夕造焉。居一日，宽诣寂，寂云："方有小事，未暇款语，且请迟回休憩也。"宽乃屏息，止于空室。见寂洁正堂，焚香端坐。坐未久，忽闻叩门，连云："天师一行和尚至矣。"一行入，诣寂作礼。礼讫，附耳密语，其貌绝恭，但颔云："无不可者。"语讫礼，礼讫又语。如是者三，寂惟云："是，是，无不可者。"一行语讫，降阶入南室，自阖其户。寂乃徐命弟子云："遣钟，一行和尚灭度矣。"左右疾走视之，一如其言。灭度后，宽乃服衰绖⑧葬之，自徒步出城送之。

⑦颜子：即颜回，孔子弟子。

⑧衰绖：丧服。

译文

唐玄宗召见一行，问道："师父何能？"一行答道："只是善于记诵阅览。"唐玄宗给掖庭下诏，让把宫人的名册拿来给一行看。一行看完名册，把名册合上，开始背诵，非常精熟，如同之前学习诵读一样。一行背诵了几页之后，唐玄宗不由得从榻上走了下来，给一行施了一礼，称呼他为"圣人"。

　　最初，一行出家，拜嵩山的普寂禅师为老师。普寂禅师曾经在寺中设宴，大宴群僧以及一些佛教徒，即便是居住在百里之外的，也都如期到来，这样就聚集了千余人。当时有个叫卢鸿的人，道行很高，学富五车，在嵩山隐居。普寂禅师请他写了一篇文章，来赞叹这次盛大的聚会。到了聚会这一天，卢鸿拿着他写的文章到来，普寂禅师接了过来，把这篇文章放到了几案上，当寺院的钟声和诵经声响起之时，卢鸿请普寂禅师说："我写这篇文章用了数千字，其中的语言有些冷僻难懂，何不在这些弟子中选择一个聪明颖悟的，我当亲自传授给他。"于是，普寂禅师召来一行。一行到来之后，笑着展开文章，只看了一遍，又把文章放回到几案上。卢鸿认为一行对待此事不认真且轻视他，私下里便怪罪于他。不久，群僧在大堂上相聚，只见一行将起衣袖进来，开始背诵卢鸿的文章，声音铿锵有力，没有忘记一个字。卢鸿惊愕了好久，对普寂禅师说："他不是你能教导的，应当让他去外面游学，增长更多见闻。"

　　一行因为要研究《大衍历》，自此就不远数千里去寻访名师。他曾经来到天台山的国清寺，途中看见一个寺院，古松参天，大概有数十步见方，院子门前还有流水。一行站在门和屏之间，听见院中的和尚在布筹运算，发出籁籁的声音。过了一会儿，那个和尚问他的徒弟："今天应该有一个弟子向我学习运算方法，应该已经到了门口，难道还没有人到达吗？"他随即又拿走一个算筹，又说道："门前的流水应该向西流了，这个弟子也应该到了。"一行听到那和尚的话，马上进入寺院，叩首向那和尚请教算法。老和尚倾囊相授。只见那门前的流水原本是向东而流，如今突然向西而流了。

邢和璞曾经对尹愔说："一行是个圣人哪！汉代的洛下闳创造《太初历》，并且说明八百年之后会相差一天，到时候就会有一位圣人来订正。今年，这八百年之期就到了。正是一行创造了《大衍历》，订正了《太初历》的错误，由此看来，洛下闳说的话是可信的呀！"曾经有一次，一行去道士尹崇那里借阅扬雄的《太玄经》。过了几天，他又去尹崇那里还书。尹崇说："这本书的意旨深远，我花费了数年时间还不能全部通晓。你应该尝试去做更加精深的研究，为什么这么快就把它还给我？"一行回答说："我已经研究出此书的意旨了。"说完，他拿出撰写的《大衍玄图》以及《义诀》一卷给尹崇看。尹崇看过之后，大为叹服，说："你就是后世的颜回呀！"

到了开元末年，裴宽担任河南尹，深信佛教，拜普寂禅师为师，日夜去拜访他。有一日，裴宽又去拜访普寂禅师。普寂禅师说："正好有一件小事，来不及和您详细恳谈，暂且请您回房休息。"但裴宽并没有离开，而是屏住呼吸，悄悄地停在了一个空房间门口，想要看看究竟发生了什么。只见普寂禅师打扫干净正堂，之后又焚香端坐。没过多长时间，他忽然听到了敲门的声音，外面的人连声说道："天师，一行和尚

到了。"一行走了进来，向普寂禅师举手施礼。施礼完毕，一行贴近普寂禅师的耳边，秘密交谈。普寂禅师神色非常恭敬，只是点头说道："没有什么不可以的。"一行说完，行了一礼，又继续说。像这样重复了多次，而普寂禅师只是说："是，是，没有什么不可以的。"一行最后走下台阶，进入南边的一个房间，关上房门。之后，普寂禅师便平静地命令弟子说："去敲钟吧，一行和尚圆寂了。"左右弟子奔走前去查看，果如其言。一行圆寂后，裴宽穿上了丧服，为他送葬，并亲自步行出城，为一行和尚送行。

僧侠

段成式

原文

　　唐建中①初，士人韦生，移家汝州②。中路逢一僧，因与连镳③，言论颇洽。日将衔山，僧指路谓曰："此数里是贫道兰若④，郎君岂不能左顾乎？"士人许之，因令家口先行。僧即处分⑤步者先排比⑥。行十余里，不至。韦生问之，即指一处林烟曰："此是矣。"及至，又前进。日已没，韦生疑之。素善弹，乃密于靴中取弓卸弹，怀铜丸十余，方责僧曰："弟子有程期，适偶贪上人清论，勉副相邀。今已行二十里，不至，何也？"僧但言："且行。"至是，僧前行百余步。韦知其盗也，乃弹之，正中其脑。僧初若不觉，凡五发中之，僧始扪中处，徐曰："郎君莫恶作剧。"韦知无奈何，亦

《僧侠》出自段成式撰《酉阳杂俎》前集卷九盗侠，宋李昉录于《太平广记》卷一百九十四豪侠二。

① 建中：唐德宗李适年号（780—783年）。

② 汝州：今河南临汝东。

③ 连镳：并驾齐驱。

④ 兰若：梵文音译"阿兰若""阿兰若迦"，意译为"寂静处""空闲处"等，原谓比丘习静修行处，后泛指佛寺。

不复弹。

　　见僧方至一庄，数十人列炬⑦出迎。僧延韦坐一厅中，唤云："郎君勿忧。"因问左右："夫人下处如法无？"复曰："郎君且自慰安之，即就此也。"韦生见妻女别在一处，供帐甚盛，相顾涕泣。即就僧，僧前执韦生手曰："贫道盗也。本无好意，不知郎君艺若此，非贫道亦不支也。今日故无他，幸不疑也。适来贫道所中郎君弹悉在。"乃举手搦脑后，五丸坠地焉。盖脑衔弹丸而无伤，虽《列》言"无痕挞"，《孟》称"不肤挠"，不啻过也。

　　有顷，布筵，具蒸犊，犊臠刀子十余，以蒜饼环之。揖韦生就坐，复曰："贫道有义弟数人，欲令伏谒。"言未已，朱衣巨带者五六辈，列于阶下。僧呼曰："拜郎君。汝等向遇郎君，则成齑粉矣。"食毕，僧曰："贫道久为此业，今向迟暮，欲改前非。不幸有一子，伎过老僧，欲请郎君为老僧断之。"乃呼："飞飞，出参郎君。"飞飞年才十六七，碧衣长袖，皮肉如脂。僧叱曰："向后堂侍郎君。"僧乃授韦一剑及五丸，且曰："乞郎君尽艺杀之，无为老僧累也。"引韦

⑤ 处分：决定。

⑥ 排比：安排之意。

⑦ 列炬：排列火炬。

入一堂中，乃反锁之。堂中四隅，明灯而已。飞飞当堂，执一短马鞭，韦引弹，意必中，丸已敲落，不觉跳在梁上，循壁虚蹑，捷若猱玃。弹丸尽，不复中，韦乃运剑逐之。飞飞倏忽逗闪，去韦身不尺。韦断其鞭数节，竟不能伤。僧久乃开门，问韦："与老僧除得害乎？"韦具言之，僧怅然，顾飞飞曰："郎君证成汝为贼也，知复如何。"僧终夕与韦论剑及弧矢之事。天将晓，僧送韦路口，赠绢百疋，垂泣而别。

译文

唐德宗建中初年，有个读书人叫韦生，举家迁往汝州。他在途中遇到一个和尚，便骑马与之同行，彼此说起话，非常合得来。太阳快落山时，那和尚说："离这里不远，就几里地，就是我的寺院，您不去拜访一下吗？"韦生答应了，让他的家人先行一步，自己独自去和尚的寺院拜访。和尚随即安排跟随的人先行出发，去准备安排。行了十余里地，还没有到达寺院。韦生便问那和尚，和尚立即指着远方的一处树林说："那就是。"等到了那片树林之后，和尚没有停下来，还是继续向前走，韦生便开始怀疑了。韦生平常善长弹丸，就偷偷地从靴子中取出弹弓，卸下弹丸，藏在怀中，弹丸有十多枚。做好这一切，韦生才责问那和尚说："我的行程是规定好了日期的，刚才遇见你，喜欢你清雅的谈吐，便勉强答应了你的邀请。但现在走了二十里，还没到达，为什么呢？"那和尚只回答说："先暂且走着，快到了。"这时，和尚又前行了百余步，韦生才知道他是一个盗贼，就用弹丸射他，正射中他的脑袋。那和尚最初好像没有感觉，韦生又射了五发，都射中了。和尚这才摸着刚刚射中的地方，慢慢地说："郎君你不要恶作剧。"韦生对此也无可奈何，就不再射。

韦生跟着和尚来到了一处庄园，数十人拿着火把列队出迎。和尚把韦生请到厅堂坐下，说："郎君你不必担忧。"然后，他又问左右下人："韦夫人的住处安排好了吗？"接着，他又对韦生说："郎君暂且去安慰夫人，他们就在这里。"这时，韦生才看见妻子、女儿都被安排在此处的另一个房间，准备的食物也非常丰富。他们二人看到彼此，不由得哭了起来。韦生便又去见那和尚，那和尚握着韦生的手道："我就是一

个盗贼，本来就没有怀什么好意，不知道郎君弹丸的技艺如此之高，如果不是我，别人也是很难支撑的。所以现在也没有别的意思，就是希望你不要再怀疑我了。刚才你射中的弹丸都在。"说完，他举起手向脑后摸去，五个弹丸一下子都掉到了地上。原来，那和尚功夫深厚，那弹丸沾在他的脑后，他却没有受伤，即使是《列子》中记载的"无痕挞"、《孟子》中记载的"不肤挠"这样的功夫，也不过如此吧！

不一会儿，筵席就布置好了，只见桌子上摆着一头蒸好的小牛，上面插着十多把刀子，旁边还围着切碎的面饼。和尚向韦生行礼，请他就座，又说："我还有几个义弟，想要让他们拜见你。"话还没有说完，就有六个身穿红衣、腰束巨带的大汉站在台阶之下。和尚招呼他们说："快来拜见郎君。你们刚才要是遇见郎君，恐怕早就粉身碎骨了。"吃过饭，和尚说："我做盗贼很久了，现在年纪已老，想要金盆洗手，痛改前非。不幸的是，我还有一子，他的功夫还胜过我，我想要请郎君你替我做个了断。"和尚大声叫道："飞飞，赶快出来参见郎君。"飞飞今年才十六七岁，身着碧衣长袖，皮肉如凝脂一般。和尚斥责道："快到后堂去等着郎君。"和尚交给韦生一把剑和五枚弹丸，并且说："还要请求郎君竭尽全力去击杀他，不要让他成为我的累赘。"然后，他带着韦生走进一个堂屋，又出去将门反锁。只见堂中的四个角落只有明灯燃起，飞飞在堂中，手拿一条短马鞭。韦生开始瞄准，射出一枚弹丸，本来料想一定会射中，但见那弹丸被飞飞敲落，而他跳到了屋梁上，沿着墙壁游走，敏捷得像猿猴。眼看弹丸射光，还是没有射中飞飞，韦生开始拿着剑追飞飞。飞飞很快躲闪开，只离韦生不到一尺远。韦生用剑把飞飞的短鞭砍断了几节，竟也伤不到飞飞。过了很久，那和尚打开堂屋的门，问韦生："你可为我除了此害吗？"韦生把在屋内发生的事全部告诉了和尚。和尚怅然若失，盯着飞飞，对他说："郎君证实，你真是成了盗贼，但是，知道了又能如何，好自为之吧！"当晚，和尚与韦生谈论了一夜的剑术以及弓箭之事。天快要亮的时候，和尚将韦生送至路口，又赠给他百匹绢，二人垂泪而别。

邢和璞

段成式

原文

邢和璞偏得黄老之道，善心算，作《颍阳书疏》，有叩奇[1]，旋入空[2]，或言有草，初未尝睹。成式见山人郑昉说：崔司马者，寄居荆州，与邢有旧。崔病积年且死，心常恃于邢。崔一日觉卧室北墙有人斸[3]声，命左右视之，都无所见。卧室之北，家人所居也。如此七日，斸不已。墙忽透明如一粟。问左右，复不见。经一日，穴大如盘。崔窥之，墙外乃野外耳。有数人，荷锹镢，立于穴前。崔问之，皆云："邢真人处分[4]开此，司马厄重，倍费功力。"有顷，导骑[5]五六，悉平帻朱衣，辟曰："真人至。"见邢舆中，白帢[6]垂绥，执五明扇，侍卫数十，去穴数步而止，谓崔曰："公算尽，

《邢和璞》出自段成式撰《酉阳杂俎》前集卷二壶史，宋李昉录于《太平广记》卷二百一十五算术。

① 叩奇：韩愈《远游联句》："观怪忽荡漾，叩奇独冥搜。"

② 空：即道教所谓虚无，以示道之无所不在，自然而生。

③ 斸（zhú）：挖，砍。

④ 处分：役使。

⑤ 导骑：导骑。

⑥ 白帢：白色便帽。

璞为公再三论，得延一纪⑦，自此无苦也。"言毕，壁合如旧。旬日，病愈。

又曾居终南，好道者多卜筑依之⑧。崔曙年少，亦随焉。伐薪汲泉，皆是名士。邢尝谓其徒曰："三五日有一异客，君等可为予各办一味也。"数日，备诸水陆⑨，遂张筵于一亭，戒无妄窥。众皆闭户，不敢謦欬⑩。邢下山迎一客，长五尺，阔三尺，首居其半，绯衣宽博，横执象笏。其睫疏长，色若削瓜，鼓髯大笑，吻角侵耳。与邢剧谈⑪，多非人间事故也。崔曙不耐，因走而过庭。客熟视，顾谓邢曰："此非泰山老师乎？"邢应曰："是。"客复曰："更一转，则失之千里，可惜！"及暮而去。邢命崔曙，谓曰："向客，上帝戏臣也。言泰山老君师，颇记无？"崔垂泣言："某实泰山老师后身，不复忆，幼常听先人言之。"

房琯太尉祈邢算终身之事，邢言："若来由东南，止西北，禄命卒矣。降魄⑫之处，非馆非寺，非途非署。病起于鱼飧，休于龟兹板。"后房自袁州除汉州，及罢归，至阆州⑬，舍紫极宫。适雇工治木，房怪其木理成形，问之，道士称："数月前，有贾客施数段龟兹板，

⑦ 一纪：十二年为一纪。

⑧ 卜筑：择地建屋。

⑨ 水陆：指水陆所产，即山珍海味。

⑩ 謦欬：咳嗽，借指谈笑。

⑪ 剧谈：畅谈之意。

⑫ 降魄：犹言死。

⑬ 阆州：今四川阆中。

今治为屠苏^⑭也。"房始忆邢之言。有顷，刺史具鲙邀房，房叹曰："邢君神人也。"乃具白于刺史，且以龟兹板为托。其夕，病鲙而终。

⑭ 屠苏：茅屋。

邢和璞唯独喜欢黄老之术，善于心算，写过《颍阳书疏》，身怀奇功，能够盘旋着飞入空中，有的人说他能用蓍草来占卜，开始时并未有人见过。段成式听隐士郑昉说过这样一件事。崔司马曾暂时寓居在荆州，与邢和璞是旧相识。那时，崔司马病了很久，就快要死了，心中还常常寄希望于邢和璞。一天夜里，崔司马听见卧室的北墙那边传来挖地的声音，就让仆人去查看，可仆人什么也没看到。卧室的北面，是崔司马的家人居住的地方。就这样，连续七日都发生了这样的怪事，挖地的声音没有停止。墙忽然出现了如米粒大小的一个洞。崔司马连忙问仆人，可是，那个洞又不见了。又过了一天，那个小洞突然就变得像盘子一样大。崔司马就从这个洞往外看，墙外是一片野地。有几个人扛着铁锹镢

头，站在洞前。崔司马就问他们怎么回事。他们都说："邢真人吩咐我们掘开此处，司马病重，会加倍地耗费功力。"过了一会儿，出现了五六个前导的骑士，戴着头巾，穿着红衣，一边在前面开路，一边说："真人到了。"只见邢和璞坐在车中，头戴白色的帽子，绶带飘飘，手拿团扇，带着数十个侍卫，在洞前几步处停下来。邢和璞对崔司马说："您的寿命将尽，我为您多次论辩争取，最后使您的寿命得以延长十二年，从今以后，您不用再受苦了。"他说完这些话，墙壁就恢复到了原来的样子，墙壁上的那个洞也不见了。过了十天，崔司马的病就好了。

邢和璞还曾住在终南山，喜欢道术的人大多在他的居所附近择地建屋。当时崔曙还很年轻，也跟着这样做。每天砍柴草、打泉水的人，都是当时的名士。邢和璞对他的徒弟说："三五天后就会有一个特殊的客人来，你们每人都准备一道菜。"几天之后，各种美味佳肴准备齐全，邢和璞就在亭子中开设了一席盛宴，告诫弟子不要偷窥。弟子们都关上门，连咳嗽都不敢。邢和璞亲自下山迎接客人，只见那客人身高五尺，身宽三尺，脑袋就占了身体的一半，红衣宽袖，横执一块象笏。他的睫毛很长，面色如削了皮的瓜，鼓动着胡须哈哈大笑，嘴角一直咧到了耳际。来客与邢和璞畅所欲言，谈的大多不是人间之事。崔曙有些不耐烦，便横穿过庭院。那客人瞪着眼睛细看，回头对邢和璞说："这不是泰山老师吗？"邢和璞答道："是。"那客人又说："这又一轮转世，与上一世差别是如此之大，可惜呀！"到了傍晚，那客人走了。邢和璞叫来崔曙，对他说："白天的客人，是天帝的弄臣。他所说的关于泰山老师的事情，你还记得吗？"崔曙掉下了眼泪，说："我的确是泰山老师的转世，但记不起来了，只是年幼时经常听老人们说起这件事。"

太尉房琯曾经请求邢和璞为自己算一算一生的命运。邢和璞说："你要是从东南方向来，去往西北，那么你的人生就结束了。生命终止之地，不是馆舍，也不是寺庙，不是在路途中，也不是在官衙里。因为吃了一顿鱼而发病，死在龟兹木板上。"后来房琯从袁州调任汉州，等到被罢官，辞归，又到了阆州，住在紫极宫。正好赶上道观雇用工人做木匠活，房琯觉得那木料的纹理很奇怪，便去问观中的道士。道士说："几个月之前，有一个商人布施了几块龟兹板，现在想用它造一个草庵。"房琯一下子记起邢和璞当初算命时所说的话。不久，当地的刺史又准备了鱼宴相邀，房琯叹息道："邢和璞可真是神仙哪！"他把此事一一向刺史说明，并且要求用龟兹板为自己做棺木。当天晚上，房琯吃了鱼肉就染病去世了。

陈义郎

温庭筠

《陈义郎》出自温庭筠撰《乾馔子》，宋李昉录于《太平广记》卷一百二十二报应二十一。

原文

陈义郎，父彝爽，与周茂方皆东洛①福昌人，同于三乡习业。彝爽擢第归，娶郭愔女。茂方名竟不就，唯与彝爽交结相誓。唐天宝中，彝爽调集受蓬州仪陇②令。其母恋旧居，不从子之官。行李有日，郭氏以自织染缣一匹裁衣，欲上其姑，误为交刀伤指，血沾衣上。启姑曰："新妇七八年，温清晨昏，今将随夫之官，远违左右，不胜咽恋。然手自成此衫子，上有剪刀误伤血痕，不能澣去，大家见之，即不忘息妇③。"其姑亦哭。

彝爽固请茂方同行，其子义郎才二岁，茂方见之，甚于骨肉。及去仪陇五百余里，磴石临险，巴江浩淼，

① 东洛：即洛阳。

② 蓬州仪陇：今属四川南充。

③ 息妇：即媳妇。

攀萝游览。茂方忽生异志，命仆夫等先行："为吾邮亭具馔。"二人徐步，自牵马行，忽于山路斗拔之所，抽金锤击彝爽，碎颡④，挤之于浚湍之中，佯号哭云："某内逼比逈，见马惊践长官殂矣，今将何之？"一夜会丧，爽妻及仆御致酒感怵。茂方曰："事既如此，如之何？况天下四方人一无知者，吾便权与夫人乘名之官，且利一政俸禄，逮可归北，即与发哀。"仆御等皆悬厚利，妻不知本末，乃从其计。

到任，安帖⑤其仆。一年以后，谓郭曰："吾志已成，誓无相背。"郭氏藏恨，未有所施，茂方防虞甚切。秩满移官，家于遂州⑥长江。又一选，授遂州曹掾。居无何，已十七年，子长十九岁矣。茂方谓必无人知，教子经业。既而欲成，遂州秩满，挈其子应举。是年东都举选，茂方取北路，令子取南路，茂方意令觇故园之存没。涂次三乡，有鬻饭媪留食，再三瞻瞩。食讫，将酬其直，媪曰："不然，吾怜子似吾孙姿状。"因启衣箧，出郭氏所留血污衫子以遗，泣而送之。其子祕⑦于囊，亦不知其由与父之本末。

明年下第，归长江。其母忽见血迹衫子，惊问其

④ 颡（sǎng）：额头，脑门儿。

⑤ 安帖：使安定、帖服。

⑥ 遂州：今指四川遂宁。

⑦ 祕：同"秘"。

故，子具以三乡媪所遗对。及问年状，即其姑也。因大泣，引子于静室，具言之："此非汝父，汝父为此人所害。吾久欲言，虑汝之幼。吾妇人，谋有不臧，则汝亡父之冤，无复雪矣，非惜死也。今此吾手留血襦还，乃天意乎！"其子密砺霜刃，候茂方寝，乃断吭[8]，仍挈其首诣官。连帅[9]义之，免罪。即侍母东归。其姑尚存，且叙契阔，取衫子验之，歔欷对泣。郭氏养姑三年而终。

[8] 吭：喉咙，嗓子。

[9] 连帅：泛指地方高级长官。唐代多指观察使、抚察使。

译文

陈义郎的父亲陈彝爽，与周茂方都是东洛福昌人，一同在三乡学习。科考登第后，回家迎娶了郭憎的女儿郭氏。周茂方竟然名落孙山，只是与陈彝爽结交，并发誓结为兄弟。天宝年间，陈彝被调任蓬州仪陇县令。而他的母亲留恋家乡，不愿离开，所以就没有跟随儿子去到任上。整理了好几天行李，郭氏织染了一匹布，裁了一件衣服，想要呈送给婆婆，但是不小心被剪刀剪伤了手指，血沾在了衣服上。郭氏对婆婆说："我作为新媳妇七八年以来，每日清晨和黄昏向你们请安，现在我就要随着丈夫去蓬州仪陇县上任，远离你们，不胜悲伤，恋恋不舍。然而，我亲手做了这件衣服，上面有血痕，是我用剪刀误伤的，洗不下去，大家看见这痕迹，就不会忘记我这个媳妇了。"婆婆听后，非常难过地哭了。

陈彝爽坚持请周茂方一同前往仪陇任上。他的儿子陈义郎才两岁，周茂方看待他比对亲儿子还要亲。到了离仪陇县五百多里的地方，那里山高，随时面临危险，山下巴江广大辽阔，几人一同攀爬着向前走。周茂方忽然生出了叛离之心，让那些仆役先行，说："在前边的驿馆里为我们准备好酒菜。"周茂方和陈彝爽二人在后面慢慢行走，各自牵着马。忽然，就在山路陡峭的地方，周茂方拿出金锤击向陈彝爽，击碎了他的脑门，把他挤下了脚下的湍流之中，然后佯装着哭号："我着急上厕所，等我回来，就看见马惊，踢了长官一脚，长官掉到江里死了，现在可怎么办哪？"在晚上的葬礼过后，陈彝爽的妻子和车夫把酒洒在地上，非常哀痛。周茂方看到后，说："事情已经这样，又能如何？况且世上没有其他人知道这件事情，我权且和夫人冒名顶替去赴任，赚取一个任期的俸禄，等到任期结束，我们北归，就马上为他举行葬礼。"仆人、车夫等人都被周茂方用重金收买，郭氏也不知道真相，就同意了周茂方的计策。

到了任上，周茂方将仆人安抚妥帖。一年之后，他对郭氏说："我的志向已经达成，我发誓绝不会违背诺言。"郭氏听了这话，就把仇恨深深地埋在心里，没有对周茂方采取任何行动，而周茂方又一直在防备意料之外的事情。等到任期已满，调到别处之时，全家便搬到了长江边上的遂州。再次选官之时，周茂方被授予遂州曹掾的官职。就这样，没发生任何事情，过了一些时日，离家已十七年了，陈彝爽的儿子陈义郎也十九岁了。周茂方心想，那件事发生了那么长时间，一定不会有人知道了，便教陈义郎经典。陈义郎学有成效之时，周茂方遂州任期已满，就带着陈义郎去应举。这一年是在东都举行科举，所以周茂方走了北路，让陈义郎走南路，周茂方的意思是想让陈义郎看一看家乡的园子还在不在。路过三乡之时，陈义郎遇见一个卖饭食的老妇人留他吃饭，那老妇人一直在看他。陈义郎吃完饭，要给她饭钱，老妇人说："不了，我怜你，是因为你和我的孙子很像。"老妇人找出了装衣服的箱子，拿出当年郭氏留下的那件留下血痕的衣服，含着泪水送给了陈义郎。陈义郎把它藏在了行囊中，也不知道这衣服的由来以及他父亲发生的事情。

第二年，陈义郎落第，回到长江边上的遂州。他的母亲忽然看到那件带着血迹的衣服，吃惊地问儿子是怎么回事，陈义郎把在三乡发生的事情以及那位老妇人对他说的话都告知了母亲。母亲又问那老妇人的年岁，这才知道那老妇人原来是她的婆婆。郭氏大哭起来，把儿子带到密室里，将发生的一切告诉了他："他不是你的父亲，你的父亲正是为此人所害。我很久以前便想对你说，但想到你还年幼。我一介妇人，如果谋划不好，你父亲的冤仇就无法得报了，我不是怕死呀！现在，这件我亲手缝制的，带有我血痕的衣服回到了我这里，这就是天意呀！"陈义郎听了，秘密地磨了一把锋利的刀，等到周茂方入睡之后，割断了他的喉咙，提着他的头颅去报了官。当地官员认为他是个重义之人，免了陈义郎的罪。陈义郎侍奉母亲东归，郭氏的婆婆还在，二人见面，相叙别离之苦，又拿出那件带血的衣服，相对饮泣。最后，郭氏奉养婆婆三年，直到老人家离世。

窦乂

温庭筠

《窦义》出自温庭筠撰《乾馔子》，宋李昉录于《太平广记》卷二百四十三治生。

原文

扶风窦义，年十三，诸姑累朝国戚，其伯检校工部尚书，充闲厩使、宫苑使，于嘉会坊①有庙院。义亲舅张敬立，任安州②长史，得替归城。安州土出丝履，敬立赍十数辆散甥侄，竞取之，唯义独不取。俄而所余之一辆，又稍大，诸甥侄之剩者，义再拜而受之。敬立问其故，义不对，殊不知殖货③有端木之远志。遂于市鬻之，得钱半千，密贮之，潜于锻炉作二枝小锸④，利其刃。

五月初，长安盛飞榆荚，义扫聚得斛余。遂往诣伯所，借庙院习业，伯父从之。义夜则潜寄褒义寺法安上人院止，昼则往庙中，以二锸开隙地，广五寸，深五

① 嘉会坊：长安外郭城坊里之一。

② 安州：今属四川绵阳。

③ 殖货：积货生财，指做生意。

④ 锸：铁锹，掘土的工具。

寸，棋布⑤四十余条，皆长二十余步。汲水渍之，布榆荚于其中。寻遇夏雨，尽皆滋长。比及秋，森然已及尺余，千万余株矣。及明年，榆栽已长三尺余，又遂持斧伐其骈者，相去各三寸。又选其枝条稠直者悉留之，所间下者，二尺作围束之，得百余束。遇秋阴霖，每束鬻值十余钱。又明年，汲水于旧榆沟中。至秋，榆已有大者如鸡卵，更选其稠直者，以斧去之，又得二百余束，此时鬻利数倍矣。后五年，遂取大者作屋椽，仅千余茎，鬻之得三四万余钱。其端大之材，在庙院者不啻千余，皆堪作车乘之用。

此时生涯⑥已有百余千，衣币帛、布裘百结，日歉食而已。遂买蜀青麻布百余个，凡四尺而裁之，雇人作小袋子。又买内乡新麻鞋数百緉⑦，不离庙中。长安诸坊市小儿及金吾家小儿等，日给饼三枚，钱十五文，付与袋子一口。至冬，令拾槐子，实其内纳焉。月余，槐子已积两车矣。又令小儿拾破麻鞋，每三緉以新麻鞋一緉换之。远近知之，送破麻鞋者云集，数日获千余量。然后鬻榆材中车轮者，此时又得百余千。雇日佣人，于崇贤西门水涧，搋洗其破麻鞋，曝干，贮庙院中。又坊

⑤ 棋布：如同棋盘上的棋子一样繁密分布。

⑥ 生涯：指赖以维持生活的产业、财物。

⑦ 緉（liǎng）：古代计算鞋的单位，相当于"双"。

门外买诸堆弃碎瓦子，令功人于流水涧洗其泥滓，车载积于庙中。然后置石嘴碓五具，铧碓三具，西市买油靛数石，雇庖人执爨。广召日佣人，令铧其破麻鞋，粉其碎瓦，以疏布筛之，合槐子、油靛，令役人日夜加工烂捣，候相乳入，悉看堪为挺，从臼中熟出，命工人併手团握，例长三尺已下，圆径三寸，垛之得万余条，号为法烛。建中初六月，京城大雨，尺烬重桂，巷无车轮。义乃取此法烛鬻之，每条百文，将燃炊爨，与薪功倍，又获无穷之利。

先是，西市秤行之南，有十余亩坳下潴汙之地⑧，目曰小海池，为旗亭之内众秽所聚。义遂求买之，其主不测，义酬钱三万。既获之，于其中立标，悬幡子，绕池设六七铺，制造煎饼及粗⑨子。召小儿掷瓦砾击其幡标，中者以煎饼、粗子啗之。不逾月，两街小儿竞往，计万万，所掷瓦已满池矣。遂经度，造店二十间，当其要害，日收利数千，甚获其要。店今存焉，号为窦家店。

又尝有胡人米亮因饥寒，义见，辄与钱帛。凡七年，不之问。异日，又见亮，哀其饥寒，又与钱五千

⑧ 潴汙之地：水流淤堵的地方。

⑨ 粗：同"团"。

文。亮因感激而谓乂曰："亮终有所报大郎。"乂方闲居，无何，亮且至，谓乂曰："崇贤里有小宅出卖，五百千文，大郎速买之。"乂西市柜坊锁钱数千贯，见亮说，便买之。书契日，亮与乂曰："亮攻于鉴⑩玉，尝见宅内有异气，今乃知之，是捣衣砧，真于阗玉，大郎且须移取。"乂遂使移之。明日，延寿坊召玉工观之，玉工大惊曰："此稀世之宝也。"解得腰带铐⑪二十副，每副直钱三千贯文。梳掌数十副，皆直数百千价。又得合子执带头尾诸色杂类数十副，计获钱数十万贯。其宅并元契，乂遂与米亮。

街东永崇里南面李晟太尉宅前，有一小宅。相传凶甚，直二百十千，乂又买之。周围打墙，拆其瓦木，各垛一处，就耕之。俯太尉李晟宅南面有小楼，常下瞰焉，晟欲併之，为击球之所。他日，因使人问乂，欲买之。乂确然不纳，云："某自有所要。"候晟暇日，乃怀其宅契书，请见晟。语晟曰："某本置此宅，欲与亲故居，今俯逼太尉甲第，贫贱之人，固难安矣。某所见此地通入宅中，可以为戏马。今谨献元契，伏惟俯赐照纳。"晟大喜曰："岂不要某微力乎？"乂曰："无敢

⑩ 鉴：同"鉴"，鉴别之意。

⑪ 铐：古代附于腰带上的装饰品，用金、银、铁、犀角等制成。

望，犹恐后有缓急，即来投告令公。"晟益知重。乂遂搬移瓦木，平治其地如砥，献晟。每戏马，荷乂之所惠。乂乃于两市，选大商产巨万者，得五六人，遂问之："君岂不有子弟要诸道及在京职事否？"贾客大喜，语乂曰："大郎忽与某等致得子弟庇身之地，某等共率草粟之直二万贯文。"乂因怀诸贾客子弟名谒晟，皆认为亲故。晟忻然览之，各置诸道膏腴之地重职，乂又获钱数万。

群贤里有中郎将曹遂兴，堂庭生一大树，遂兴每患其经霜殒菜，有乂庭宇，伐之又恐损堂室。乂因访遂兴，指其树曰："中郎何不去之？"遂兴答曰："诚有碍耳，但虑兴功之后，有损所居室宇。"乂遂请买之，"仍与中郎除之，不令犯秋毫，其树自失。"中郎大喜。乃出钱五千文，以纳中郎。与斧斤之匠约，其树自梢及根，令各长二尺余断之。厚其值，因选就众材，及陆博[12]局数百，鬻于本行，乂计利百余千。乂之谋，皆此类也。

后乂年老无子，分其见在财等与诸弟侄外，犹有万千产业。街西诸大市，各千余贯，与常住法安上人

⑫ 陆博：即六博。古代的一种博戏。共十二棋，六黑六白，两人相搏，每人六棋。

经营，经行此洎，不拣时日，供拟其钱，亦不计利。义卒时，年九十余，终于嘉会里。有邸，弟侄宗亲居焉，诸孙尚在。

译文

扶风的窦义，年纪十三岁。他的几位姑姑都是历朝的皇亲国戚。他的伯父是检校工部尚书，又担任了闲厩使、宫苑使，在嘉会坊还设有宗祠。窦义的舅舅张敬立，任安州长史，后被人接替返回京城。安州的土特产是丝鞋，张敬立送了十辆车的丝鞋给外甥、侄子，他们竞相争抢，只有窦义不争不抢。过了一会儿，剩下了一辆车的丝鞋，都稍大一些，都是那些人抢剩的，窦义拜了两拜，才接受了这车丝鞋。张敬立很是奇怪，就询问原因。窦义也不回答，他们不知道他对经营是有着远大志向的。窦义把这车丝鞋拿到集市上去卖，得到了五百钱，又偷偷地藏了起来，暗中去锻炉打了两把小铁锹，又磨得非常锋利。

五月初，长安的榆荚到处乱飞，窦义把这些榆荚扫到一起，得了一斛多。他又来到伯父家，请求借住在宗祠里学习功课。伯父答应了。窦义每晚偷偷寄宿在褒义寺法安上人的院子里，白天则在自家宗祠。他用那两个小铁锹挖地，共挖了四十多条沟，宽五寸，深五寸，都是长二十余步。用水浇灌后，他把收集来的榆荚撒在里面。不久，多雨的夏天到来，在雨水的滋养下，种下的榆荚开始生根发芽。等到了秋天，那些繁密的树苗长到了一尺多高，有千万余株了。到了第二年，那些榆树有三尺多高了。窦乂拿着斧子砍掉多余的树苗，树苗之间相距三寸。后来，他又选择树枝又密又直的留下，被砍下来的以两尺为一捆，捆好，最后得到一百多捆。到了秋天阴雨连绵时，每捆都卖到了十余钱。到了第三年，窦乂仍然往种树的沟中浇水。到了秋天，有的榆树长得像鸡蛋那么粗了，窦乂又选了其中又密又直的留下来，其余的用斧子砍伐下来，捆起来，又得到了二百多捆。此时，窦乂的获利已经翻了几番。又过了五年，窦乂又选择又大又粗的用作屋椽，有一千多根，把它们卖掉，又获得了三四万余钱。还有一些高且直的，在宗祠里有一千多根，都可以用作制造车子的材料。

到了这时，窦乂的财产有了十万余，钱财衣帛、布匹、裘皮什么都有，只是在食物方面稍差。后来，窦乂买了蜀青麻布一百余匹，每四尺一裁，雇人做了小袋子。又买了内乡新产的麻鞋数百双，不离宗祠。窦乂每天给长安各坊的小孩儿以及金吾家的小孩儿三个安饼、十五文钱、一个袋子。到了冬天之时，让他们去捡槐树籽，装到袋子里。一个多月后，槐树籽积累了两车。窦乂又让那些孩子去捡破的麻鞋，每三双破麻鞋可以换一双新麻鞋。远近皆知，于是出现了好多送破麻鞋的人，几天他就获得了一千多双破麻鞋。窦乂卖掉了那些可以做车轮的榆木，又获利十万余。之后，他每日雇人去崇贤西门的溪水处，捶洗那些拾来的破麻鞋，并且晒干，贮藏在宗祠里。窦乂还去了坊门外买下那堆着的被扔掉的碎瓦片，让工人去流水处洗掉上面的污泥渣滓，用车载着带回，堆在了宗祠中。他又购置了五具石嘴碓、

三具锉碓，去西市买了几石油靛，又雇了厨师点火熬煮。除此之外，窦乂又广招按日计酬的工人，让他们来锉那些处理过的破麻鞋，粉碎那些处理过的碎瓦片，用粗布筛子去筛，筛过之后，加入槐子、油靛，令工人日夜加班捣烂，等到它们融合在一起，成为乳状，看起来全都能成形的时候，便从臼中趁热捞出，让工人双手团握，握成三尺以下，直径为三寸的长条棍棒。最后堆放在一起，得到一百余条，人们称它为"法烛"。唐德宗建中初年六月盛夏，长安城内连降大雨，一尺的柴薪卖得与桂木一样贵，但是街巷也没有一辆卖柴薪的车子。窦乂取出之前贮存的"法烛"出去卖，每根卖一百文，可以点燃做饭，与柴薪是等效的，又获利无数。

在此之前，西市秤行的南边，有十余亩低洼又积水的土地，人们都叫它小海池，是旗亭之内许多垃圾堆放的地方。窦乂花了三万钱买下了这片地，其主人也没有测量。买下之后，窦乂在其中立下标杆，挂上旗幡，绕着小海池开了六七个铺子，做煎饼及团子等食物。然后召来一些小孩子，让他们向那些标杆投掷瓦砾，如果投中，就把煎饼和团子给他们吃。不到一个月，两条街的小孩儿争相来到这儿投掷瓦砾，能有一亿人次，这些孩子投掷的瓦砾，填满了整个小海池。经过测量，窦乂又在这被填平的空地上开了二十间店，因为正处于繁华之地，所以每日获利数千，收获颇丰。这些店现在还有，号称窦家店。

有一个胡人米亮饥寒交迫，窦乂见状，就给他钱帛，一共七年，也不问原因。后来，有一天，窦乂又看见米亮，又可怜他，给了他五千文钱。米亮因为感激而对窦乂说："我终究会报答大郎您的。"窦乂刚刚闲下来不久，米亮就再次到来，对窦乂说："崇贤里有小院出售，五百千文，大郎你快去买下来。"窦乂听后，就去西市的柜坊取出钱数千贯，按照米亮的说法把那间小院买了下来。写书契之日，米亮对窦乂说："我善于鉴赏玉器，看见这座宅子内有异样之气，今天我才知道，原来是捣衣砧发出来的，那真的是一块于阗玉，大郎你应该拿回来。"窦乂命人把那个捣衣砧拿了回来。第二天，他又去延寿坊找了一个玉工来看这个捣衣砧。玉工看后大惊，道："这是稀世之宝哇！"于是，窦乂命人对其进行加工，加工出了腰带铐二十副，每副值钱三千贯；又加工出梳掌数十副，都值钱百千；除了这些，还加工出盒子、执带头尾等其他东西数十副。卖掉这些，总计获利十万贯。窦乂把买下的宅子以及房契送给了米亮。

街东永崇里南面太尉李晟的宅子前，有一所小宅子，相传这里是一座凶宅，值二十万钱，窦乂买了下来。他在四周筑起围墙，拆了房子，把拆下的木料、瓦片分类垛在一处，然后开始犁地。李晟宅子的南面有一个小楼，就挨着这片地。李晟经常在楼上向下看，并且想要买下这片地，作为日常击球的场所。有一日，李太尉派人去问窦乂，想要买地。

窦义坚持不接受，说道："这片地我是有用的。"等到李晟休息的日子，窦义就带着这处宅子的契书，请求与他相见，对他说："我本来购置这所宅子，是想给我的亲戚居住，但现在我看到这个宅子离您的太尉府第太近了，我们是贫贱之人，实在是难以安睡。我看这所宅子可以与您的宅子打通，作为戏马之用。今天，我特来向您进献这所宅子的房契，希望太尉您能笑纳。"李晟大喜道："难道就不需要我出一点儿力吗？"窦义回答说："目前不敢奢望，只是还担心日后会有紧急之事，会来投奔您。"从此，李晟更加看重窦义。随后，窦义搬走、移开那些木料瓦砾，将土地平整得像磨刀石一样，然后把这块地献给了李晟。此后，李晟每次在这里骑马取乐，就会想到这是窦义奉给的好处。窦义在东、西两市选了五六个做大买卖，又家财万贯的生意人，问他们："你们难道没有子侄想在各道或京城干点儿差事的吗？"那些生意人大喜，对窦义说："大郎忽然能让我们的子侄得到庇身之地，能在仕途上有所作为，如果真做到了，我们会给您两万贯作为酬谢。"窦义怀揣那些生意人子侄的名帖去谒见太尉李晟，跟他说这些人都是自己的亲戚。李晟看到后，非常高兴，把每个人都安排到了富庶之地的重要位置。就这样，窦义又获利数万。

群贤里中郎将曹遂兴的家宅堂前长了一棵大树，曹遂兴总是担心这棵大树经年的枝叶会遮挡屋内的阳光，砍伐掉又怕会损害其堂屋。窦义因为此事来拜访曹遂兴，指着那棵树，对曹遂兴说："中郎为何不砍掉这棵树？"曹遂兴回答说："这棵树实在是有些妨碍，我考虑过砍掉它，又怕砍掉它会损坏我家的堂屋。"窦乂就请求花钱买下了这棵大树，说："我还是替中郎你把这棵树砍掉吧，但不会碰到你们家的堂屋，让这棵树自己倒掉。"中郎非常高兴。窦乂拿出五千文，给了曹遂兴。窦乂与砍树的工人约好，从树梢到树根，砍成二尺多长的小段。窦乂又给了工人很多钱，把这些木段加工成六博的棋盘数百个，在自家的商行贩卖，又获利好几十万。窦乂的经商谋划，皆是如此。

窦乂年老无子，把存有的财产分给了各个子侄，还剩有万千的产业。街面上的各大商店，各值千余贯，窦乂与法安上人约定由他经营，每到此地经行，不论何时，都会给他提供钱财，不会计算利息。窦乂九十多岁的时候在嘉会里去世。他的府邸，由他弟弟的儿子居住，这一族人，现在还生活在那里。

陶岘

袁郊

原文

陶岘者，彭泽①之子孙也。开元中，家于昆山。富有田业，择家人不欺而了事者，悉付之，身则泛艚②江湖，遍游烟水，往往数岁不归。见其子孙成人，初不辨其名字也。岘之文学，可以经济，自谓疏脱，不谋宦游。有生之初，通于八音，命陶人为甃，潜记岁时，敲取其声，不失其验。撰《乐录》八章，以定八音之得失。自制三舟，备极坚巧。一舟自载，一舟致宾，一舟贮饮馔。客有前进士孟彦深③、进士孟云卿④、布衣焦遂⑤，各置仆妾共载。而岘有女乐一部，常奏清商曲。逢奇遇兴，则穷其景物，兴尽而行。

岘且闻名朝廷，又值天下无事，经过郡邑，无不招

《陶岘》出自袁郊撰《甘泽谣》，宋李昉录于《太平广记》卷四百二十龙三。

① 彭泽：指陶渊明（365—427），一名潜，字元亮，私谥靖节。浔阳柴桑（今江西九江西南）人，历任江州祭酒、镇军参军、彭泽令。不满时政腐败而去职，归隐田园，至死不仕。

② 艚（cáo）：载货的木船，有货舱，舵前有住人的木房。

③孟彦深：字士源。登天宝二年进士第，为武昌令。

延，岘拒之曰："某麋鹿间人，非王公上客。"亦有未招而自诣者，系方伯之为人，江山之可驻。吴越之士，号为"水仙"。曾有亲戚为南海守，因访韶石，遂往省焉。郡守喜其远来，赠钱百万。遗古剑，长二尺许；玉环，径四寸；海舶昆仑奴，名摩诃，善泅水而勇捷。遂悉以所得归，曰："吾家之三宝也。"

及回棹，下白芒，入湘江。每遇水色可爱，则遗环剑于水，令摩诃下取，以为戏笑也。如此数岁。因渡巢湖，亦投环剑，而令取之。摩诃才入，获剑环跳波而出焉，曰："为毒蛇所啮。"遽刃去一指，乃能得免。焦遂曰："摩诃所伤，得非阴灵为怒乎？犀烛下照，果为所仇，盖水府不欲人窥也。"岘曰："敬奉谕矣。然某尝慕谢康乐之为人，云终当乐死山水间。但殉所好，莫知其他。且栖于逆旅之中，载于大块之上，居布素之贱，擅贵游之欢，浪迹怡情，垂三十年，固其分也。不得升玉墀⑥，见天子，施功养惠，得志平生，亦其分也。"乃命移舟曰："要须一别襄阳山水，后老吴郡也。"

行次西塞山，泊舟吉祥佛舍。见江水黑而不流，

④ 孟云卿：生于725年，卒于781年，字升之，河南（今河南洛阳）人，唐朝天宝年间孟云卿赴长安应试未第，三十岁后始举进士。唐代宗时为校书郎。

⑤ 焦遂：唐朝人，平民，以嗜酒闻名，与李白、贺知章、李适之、李进、崔宗之、苏晋、张旭等人为酒友，并称"饮中八仙"。

⑥ 玉墀：宫殿前的石阶。亦借指朝廷。

曰："此下必有怪物。"乃投环剑，命摩诃下取。见摩诃汩没波际，久而方出。气力危断，殆不任持，曰："环剑不可取。有龙高二丈许，而环剑置前，某引手将取，龙辄怒目。"岘曰："汝与环剑，吾之三宝。今者既亡环剑，汝将安用？必须为我力争也。"摩诃不得已，被发大呼，目眦流血。穷泉一入，不复出矣。久之，见摩诃肢体磔裂，浮于水上，如有示于岘也。岘流涕水滨，乃命回棹。因赋诗自叙，不复议游江湖矣。诗曰："匡庐旧业自有主，吴越新居安此生。白发数茎归未得，青山一望计还成。鸦栖枫叶夕阳动，鹭立芦根秋水明。从此舍舟何所诣？酒旗歌扇正相迎。"

孟彦深复游青琐⑦，为武昌令。孟云卿当时文学，南朝上品。焦遂，天宝中为长安饮徒，时好事者为《饮中八仙歌》⑧曰："知章骑马似乘船，眼花落井水底眠。汝阳三斗始朝天，道逢麹车口流涎，恨不移封向酒泉。左相日兴费万钱，饮如长鲸吸百川，衔杯乐圣称世贤。宗之潇洒美少年，举觞白眼望青天，皎如玉树临风前。苏晋长斋绣佛前，醉中往往爱逃禅。李白一斗诗百篇，长安市上酒家眠，天子呼来不上船，自称臣是酒中仙。

⑦ 青琐：装饰皇宫门窗的青色连环花纹，后来华贵的宅第、寺院等门窗亦用此种装饰。这里借宫廷，比喻在朝堂作官。

⑧ 《饮中八仙歌》：作者为杜甫。

张旭三杯草圣传，脱巾露顶王公前，挥毫落纸如云烟。焦遂五斗方卓然，高谈雄辩惊四筵。"

译文

陶岘，是彭泽令陶渊明的后裔。唐代开元年间，陶岘在昆山安家。陶岘家里有一些田产，就选择了一个既不会欺骗又不敷衍了事的人，把这些田产全部交给他打理，自己则泛舟江湖之上，遍游山水，往往在外好几年都不回家。等到回家时，陶岘看到子孙都已成人，却叫不上名字来。陶岘的文学才能，可以经世济民，自己评价为疏脱，也不谋求仕进。陶岘年少之时便精通音乐，曾经让烧制陶器的匠人烧砖，偷偷地记录下烧好的时间，边敲边记录发出的乐音，不失其验。后来，陶岘又撰写了《乐录》八章，来记录八音的正与误。他还造了三条小船，做得非常坚固而巧妙。其中一条船他自己用，一条船给宾客用，还有一条船则贮存食物饮品。宾客有前进士孟彦深、进士孟云卿、布衣焦遂，他们每个人都带着仆人、姬妾，一同乘船。陶岘自己也拥有一队女乐，经常演奏清商乐曲。每每遇到奇特的景致或是到了兴头上，他们往往会把所有景致看个遍，兴尽而回。

陶岘闻名于朝廷，又赶上天下没有大事发生，每次经过府县之时，

都会被迎请招待。陶岘总是拒绝说："我只是一个行踪不定之人，并非王公的座上客。"有时会有并未主动延请，陶岘自己主动去拜访的人，那样的人通常都是方外之人。吴越一带的人都称他为"水仙"。陶岘有个亲戚是南海郡守，他要前往韶石，就顺便去看望这位亲戚。郡守非常高兴，陶岘能从那么远的地方来看望自己，就给了陶岘百万钱，还送给他一把长二尺多的古剑、一个直径四寸的玉环，以及一个善于游泳、勇敢敏捷的名叫摩诃的海船上的昆仑奴。陶岘要把这昆仑奴和那两样宝物带回家，并且说："这是我们家的三宝。"

等到陶岘上船回家，下白芒，入湘江。一路之上，每次看到水色清澈可爱，他就会把玉环和古剑抛入水中，然后命令摩诃下水去寻，以此来游戏取乐。如此数年。后来渡过巢湖时，陶岘也把玉环和古剑扔下水中，让摩诃下水去寻。摩诃才跳入水中，就找到了玉环和古剑，从水里跳上来时说道："我被毒蛇咬了。"他马上用刀切下一个手指，才免于毒发身亡。焦遂说："摩诃受伤，难道不是水下阴灵发怒吗？你让摩诃下水，如同犀燃烛照，让水下阴灵无所遁形，受到仇视，大概是因为水府不想让他人窥视罢了。"陶岘说："我听你的话。但是，我曾经仰慕谢康乐的为人，说过最终当乐死于山水之间。只是追求所喜好的，不知道其他的。况且栖身于客栈之中，行走于大自然中间，以布衣的身份，享受贵族游玩的欢乐，浪迹四方，怡悦心情，将近三十年，本来就是我应做的。不能登上朝廷，面见天子，得到皇帝的赏赐和恩惠，不能够逞志平生，这也是我应得的。"说完此话，陶岘下令开船离开："需要与襄阳山水分别，在吴郡养老了。"

途中夜宿在西塞山，陶岘把船停泊在吉祥佛舍前，看见江水是黑色的，不流动，就说："这江水之下一定有怪物出没。"他把玉环与古剑扔下江去，令摩诃下江去取。之后，陶岘便看见摩诃淹没在江水之中，很久才露出水面。此时，摩诃气力微弱，几乎不能支撑整个身体，说："玉环和古剑不能取出来了，有一条两丈高的龙，玉环和古剑就在它的眼前，我要伸手去拿，那条龙就突然对我怒目而视。"陶岘说："你、玉环和古剑是我的三样宝贝。现在，玉环和古剑都拿不回来了，你又有什么用？你必须为我力争，拿到它们。"摩诃不得已，披散着头发大呼起来，瞪着眼睛流出了鲜血。他孤注一掷，跃下江水，再也没有出来。过了很长时间，只见摩诃的尸体四分五裂，浮在了水面上，好像是特意给陶岘看的。陶岘在岸边痛哭流涕，然后命令开船往回走，还赋了一首诗自叙其情，此后不再提起要游遍江湖这件事。诗是这样的："匡庐旧业自有主，吴越新居安此生。白发数茎归未得，青山一望计还成。鸦栖枫叶夕阳动，鹭立芦根秋水明。从此舍舟何所诣？酒旗歌扇正相迎。"

　　孟彦深后来重归朝廷，成了武昌的县令。孟云卿当时的文学才能堪称南朝上品。焦遂为天宝年间长安酒徒。当时的好事者写了一首《饮中八仙歌》，诗中这样写道："知章骑马似乘船，眼花落井水底眠。汝阳三斗始朝天，道逢麴车口流涎，恨不移封向酒泉。左相日兴费万钱，饮如长鲸吸百川，衔杯乐圣称世贤。宗之潇洒美少年，举觞白眼望青天，皎如玉树临风前。苏晋长斋绣佛前，醉中往往爱逃禅。李白一斗诗百篇，长安市上酒家眠，天子呼来不上船，自称臣是酒中仙。张旭三杯草圣传，脱巾露顶王公前，挥毫落纸如云烟。焦遂五斗方卓然，高谈雄辩惊四筵。"

许云封

袁
郊

原文

许云封，乐工之笛者。贞元初，韦应物[1]自兰台郎[2]出为和州[3]牧，非所宜愿，颇不得志。轻舟东下，夜泊灵璧驿。时云天初秋，瀼[4]露凝冷，舟中吟讽，将以属辞。忽闻云封笛声，嗟叹良久。韦公洞晓音律，谓其笛声酷似天宝中梨园法曲李謩所吹者，遂召云封问之，乃是李謩外孙也。

云封曰："某任城旧士，多年不归。天宝改元，初生一月。时东封回驾，次至任城。外祖闻某初生，相见甚喜，乃抱诣李白学士，乞撰令名。李公方坐旗亭，高声命酒。当垆[5]贺兰氏，年且九十余，邀李置饮于楼上。外祖送酒。李公握笔醉书某胸前，曰：'树

《许云封》出自袁郊撰《甘泽谣》，宋李昉录于《太平广记》卷二百零四乐二。

[1] 韦应物：字义博，京兆杜陵（今陕西省西安市）人。唐朝官员、诗人，世称"韦苏州""韦左司""韦江州"。

[2] 兰台郎：唐官名。龙朔二年（662），改秘书省为兰台，秘书郎即为兰台郎。

[3] 和州：一般指和县，隶属安徽省马鞍山市，地处安徽省东部、长江下游北岸。

[4] 瀼（ráng）：指露水多。

[5] 当垆：卖酒。

下彼何人，不语真吾好。语若及日中，烟霏谢陈宝。'外祖辞曰：'本于学士乞名，今不解所书之语。'李公曰：'此即名，在其间也。树下人是木子，木子，李字也。不语是莫言，莫言，薔也。好是女子，女子，外孙也。语及日中，是言午，言午，是许也。烟霏谢陈宝，是云出封中，乃是云封也。即李薔外孙许云封也。'后遂名之。某才始十年，身便孤立，因乘义马，西入长安。外祖悯以远来，令齿诸舅学业。谓某性知音律，教以横笛。每一曲成，必抚背赏叹。值梨园法部置小部音声，凡三十余人，皆十五以下。天宝十四载六月一日，侍骊山趾跬，是贵妃诞辰，上命小部音声张乐长生殿，仍奏新曲，未有名。会南海进荔枝，因以曲名《荔枝香》。左右欢呼，声动山谷。是年安禄山叛，车驾还京。自后俱逢离乱，漂流南海，近四十载。今者近访诸亲，将抵龙丘。"

韦公曰："吾有乳母之子，其名千金，尝于天宝中受笛李供奉。艺成身死，每所悲嗟。旧吹之笛，即李君所赐也。"遂囊出旧笛。云封跪捧悲切，抚而观之曰："信是佳笛，但非外祖所吹者。"公问："何以验之？"乃谓韦公曰："竹生云梦之南，鉴在柯亭之下。以今年七月望前生，明年七月望前伐。过期不伐，则其音实；未期而伐，则其音浮。浮者外泽中干，干者受气不全，气不全则其竹夭。凡发扬一声，出入九息。古之至音者。一叠十二节，一节十二敲，今之名乐也。至如《落梅》流韵，感金谷之游人，《折柳》传情，悲玉关之戍客，诚有清响，且异至音，无以降神而祈福也。其已夭之竹，遇至音必破，所以知非外祖所吹者。"韦公曰："欲信女鉴，笛破无伤。"云封乃捧笛吹《六州遍》，一叠未尽，划然中裂。韦公惊叹久之，遂礼云封于曲部。

译文

许云封，是一个吹笛子的乐师。唐德宗贞元初年的时候，韦应物自兰台郎改任为和州牧，这本来就不是他的意愿，所以很不得志。他乘一叶轻舟东下，入夜就停泊在灵璧驿。当时正值初秋，天寒，露水凝结，见此情此景，韦应物在船中吟哦，正想连缀起来，写成一首诗。他忽然听到了许云封的笛声，嗟叹良久。韦应物通晓音律，认为许云封的笛声与天宝年间梨园中吹奏法曲的李謩的笛声非常相似，便把许云封召来相问，原来他就是李謩的外孙。

许云封说："我是任城人，很多年没有回去了。天宝改元时，我刚生下来一个月。那时正好赶上皇帝东去泰山封禅归来，路过任城留宿。跟随皇帝的外祖父听说我刚出生，看到我，非常高兴，就抱着我去了李白学士那里，请他给我起个名字。当时李翰林正坐在酒楼内，高声命人拿酒。卖酒的贺兰氏九十多岁了，邀请李翰林去楼上饮酒。我的外祖父给李翰林送酒。李翰林知道外祖父的来意，手握着竹管，醉着在我的胸前写道：'树下彼何人，不语真吾好。语若及日中，烟霏谢陈宝。'外祖父则说：'我本是请李学士给我的外孙起个名字，学士写下这首诗，我不明白其中的意思呀！'李翰林则说：'名字就藏在诗里。树下人是木子，木子就是李字。不语是莫言，莫言就是詟字。好是女子，女子的意思就是外孙。说到日中，意思就是言午，言和午合起来就是许字。烟霏谢陈宝，意思就是云出封中，就是云封二字。把这些字连起来，就是李詟外孙许云封。'因此，外祖父就给我起了这个名字。我刚刚十岁时，父母离世，就剩下我孤身一人，所以就骑着马，西行来到了长安。外祖父可怜我远道而来，就让我跟着各位舅舅学习。外祖父说我生来便知晓音律，便教我学习横笛。每学会一首曲子，外祖父就会抚着我的后背赞叹。那时正好赶上宫中梨园的法部设置小部音声，共三十多人，需要十五岁以下的人，外祖父就让我去了。天宝十四载六月的一天，我们侍奉着皇帝去了骊山的行宫，那天是贵妃的寿辰，皇上命令小部音声在长生殿演奏，依旧演奏的新曲，没有名字。因为赶上南海进贡荔枝，所以就把这首新曲命名为《荔枝香》。演奏完毕，欢呼之声四起，声动山谷。这一年，安禄山起兵叛乱，皇帝回京。自此，战乱四起，我游荡到南海之地，将近四十年了。现在我要去拜访附近的各位亲戚，将要到达龙丘。"

　　韦应物说："我的乳母有个儿子，名字叫千金，在天宝年间拜你的外祖父李謩为师，学有所成，却去世了。我每每想起这件事，就会嗟叹良久。千金生前所吹的笛子，就是你的外祖父所赠。"说完这话，韦应物就从行囊中取出那支旧笛。许云封跪着接过了那支笛子，非常悲伤，抚摸着它说："这的确是一支上好的笛子，但它不是我外祖父吹的那支。"韦应物问道："你如何证明？"许云封这才对韦应物说："制作笛子的竹子应该生长在云梦之南，在柯亭生长的竹子中可以挑出上好的。这竹子应该在当年七月十五之前长成，在第二年七月十五之前砍伐下来。如果超过了日期再砍，做出来的笛子发出的声音就过于沉实了；如果没有到生长日期就砍伐下来，做出来的笛子发出的声音就会虚浮，这样的笛子表面看起来润泽，实际上里边很干燥，干燥则意味着受气不全，受气不全，做出来的笛子就会很快破损，每吹出一个声音，就会频繁而急促地呼吸。古代最美的音乐，都是一叠十二节，一节十二敲，这都是今天所说的名乐。至于《落梅》一曲的流韵，感动了金谷之游人，《折柳》一曲传情，使离乡守边之人悲戚不已，声音实在是清脆洪亮，却与最美的乐曲不同，它不能使天神降下，为我们祈福。这支笛子就是用受气未全而长出的竹子做出的笛子，如果遇到极高或极低之音，必破。所以我才知这不是外祖父吹过的笛子。"韦应物听后，又说道："我想要听你吹一曲，好相信你的鉴别判断是不是对的，笛子破损了也没有关系。"许云封捧着笛子吹了一支曲子《六州遍》，但是一叠还没有吹完，笛子就哗啦一声从中间断裂开来。韦应物惊叹了良久。此后，他更加礼待许云封，并让他在曲部任职。

九花虬

苏鹗

原文

代宗广德元年，吐番犯便桥[①]，上幸陕。王师不利。常有紫气如车盖，以迎马首。及回潼关，上叹曰："河水洋洋，送朕东去。"上至陕，因望铁牛，蹴然谓左右曰："朕年十五六，宫中有尼，号功德山，言事往往神验。屡抚吾背曰：'天下有灾，遇牛方回。'今见牛也，朕将回尔！"是夜，梦黄衣童子歌于帐前，曰："中五之德方峨峨，胡呼胡呼何奈何！"诘旦，上具言其梦，侍臣咸称土德[②]，当王，胡虏破灭之兆也。

是月，副元帅郭子仪与大将李忠义、渭北节度使王仲昇，克复京都，吐番大溃。上还宫阙，图功臣于

《九花虬》出自苏鹗撰《杜阳杂编》，宋李昉录于《太平广记》卷四百三十五畜兽二。

① 便桥：今陕西省咸阳市西南。

② 土德：五德之一。古以五行相生相克附会王朝命运，谓土胜者为得土德。

凌烟阁。上因谓子仪曰："安禄山僭乱中原，是卿再安皇祚。昨朕蒙尘，卿复勠力。今日天下，乃卿与我也，虽图券不足以襃③元老。"因泣下沾衣。子仪伏于上前，呜咽流涕曰："老臣无复致命久矣。但虑衰耄，不堪王事，赖仗陛下宗庙社稷之灵，以成微绩。"

上因命御马九花④虬，并紫玉鞭绺以赐。子仪知九花之异，固陈让者久之。上曰："此马高大，称卿仪质，不必让也。"九花虬，即范阳节度李怀仙所贡。额高九寸，毛拳如麟，头颈鬃鬣，真虬龙也。每一嘶则群马耸耳。以身被九花文，故号为九花虬。

上往日东幸，观猎于田，不觉日暮。忽顾谓左右曰："行宫去此几里？"奏曰："四十里。"上遂令速鞭，恐阁夜，而九花虬缓缓然，若行一二里而已，侍从奔骤，无及者。上以为超光、趠影⑤之匹也。自是益加钟爱。既复京师，特赐子仪，崇功臣也。

③ 襃：同"褒"。

④ 九花：菊花的别名。

⑤ 超光、趠影：传说中的骏马。

译文

唐代宗广德元年，吐蕃进犯，已经越过便桥，皇帝避至陕州。王师作战不利。去往陕州的路途中，经常会有车上伞盖一般的紫气来迎接皇帝。等回到潼关，皇帝长叹道："浩浩荡荡的河水，送朕东去。"皇帝来到陕州，因为看见一只铁牛，忽然对左右的人说："朕十五六岁的时候，宫中有个尼姑，号功德山，她说起将来之事，往往都非常灵验。她屡次抚着朕的后背说：'以后天下会遇到灾难，你会出宫逃难，到时只有遇到牛，你才能返回宫中。'现在朕看见牛了，朕要回宫了。"这一天夜里，皇帝梦见一黄衣童子在帐前唱道："中五之德方峨峨，胡呼胡呼何奈何！"第二天清早，皇帝就把梦中所见都说了出来，左右的侍臣都说这是皇帝的功德，应当称王称帝，这是胡虏将要灭亡的吉兆哇！

当月，副元帅郭子仪与大将李忠义、渭北节度使王仲昇，收复京都，吐蕃大败。皇帝回宫，在凌烟阁对功臣论功行赏。皇帝对郭子仪说："安禄山僭越，祸乱中原，是你再次使朕坐稳了江山。之前朕失去政权，流亡出奔，而卿家帮朕夺回政权。当今的天下，就是你和我的，即使是给你丹青铁券，也不足以褒奖像你这样的元老。"说完，皇帝就落下泪水，沾湿了衣服。郭子仪听了这话，在皇上面前伏下身去，呜咽着流涕道："老臣我很长时间没有完成这样的使命了。只是考虑到我已年老体衰，不堪担负王事，依赖仰仗着陛下宗庙社稷之灵，成就些许微

末的成就。"

之后，皇帝下令赏赐郭子仪御马九花虬和一条紫玉鞭鞘。郭子仪知道这匹九花虬不同寻常，坚持辞让，谦让了很久。皇帝才说："这匹马高大，和你的姿容风度非常相配，你不必辞让了。"九花虬，是范阳节度使李怀仙进献的，额高九寸，其毛发卷曲如麒麟，头颈部的鬃毛浓密，看起来真是一条虬龙。每次一嘶鸣，其他的马匹都会竖起耳朵。因为这匹马身上的纹络像是九花，所以就称呼它为九花虬。

以前皇帝亲临东部之时，在郊外打猎，不知不觉就到了日暮时分。皇帝忽然回头问左右侍从："行宫离这里多远？"左右回奏说："四十里。"听到这话，皇帝马上命人加快速度，担心被黑夜阻隔。九花虬看起来跑得缓慢，好像只走了一二里，但再看旁边的侍从骑着马疾速奔驰的样子，却无论如何也没赶上九花虬。皇帝认为这匹马就是传说中的超光、趁影。从此，皇帝对它更加钟爱，此时已然收复京师，就特意把这匹马赐给了郭子仪，表示对有功之臣的尊敬。

迎佛骨

苏
鹗

原文

十四年春，诏大德僧数十辈，于凤翔法门寺迎佛
骨。百官上疏谏，有言宪宗故事者。上曰："但生得
见，殁而无恨也。"遂以金银为宝刹，以珠玉为宝帐、
香舁，仍用孔雀氄毛①饰。其宝刹小者高一丈，大者二
丈。刻香檀为飞帘、花槛、瓦木、阶砌之类，其上偏
以金银覆之。舁一刹，则用夫数百。其宝帐、香舁不
可胜纪，工巧辉焕，与日争丽。又悉珊瑚、马脑、真
珠、瑟瑟②缀为幡幢，计用珍宝不啻百斛。其剪彩为幡
为伞，约以万队。

四月八日，佛骨入长安。自开远门安福楼，夹道
佛声振地，士女瞻礼，僧徒道从。上御安福寺，亲自

《迎佛骨》出自苏鹗撰《杜阳杂编》。

① 氄毛：细小柔软的毛。

② 瑟瑟：翠绿的宝石。

顶礼，泣下沾臆。即召两街③供奉僧，赐金帛各有差。仍京师耆老元和迎真体者，悉赐银椀、锦彩。长安豪家，竞饰车服，驾肩弥路。四方挈老扶幼来观者，莫不蔬素，以待恩福。时有军卒，断左臂于佛前，以手执之，一步一礼，血流洒地。至于肘行膝步，齧④指截发，不可算数。又有僧，以艾覆顶上，谓之炼顶⑤，火发痛作，即掉其首呼叫。坊市少年擒之，不令动摇，而痛不可忍，乃号哭卧于道上，头顶焦烂，举止苍迫，凡见者无不大晒焉。

上迎佛骨入内道场，即设金花帐、温清床，龙鳞之席、凤毛之褥，焚玉髓之香，荐琼膏之乳，皆九年诃陵国所贡献也。初迎佛骨有诏，令京城及畿甸于路傍垒土为香刹，或高一二丈，追八九尺，悉以金翠饰之，京城之内，约及万数。是时，妖言香刹摇动，有佛光庆云现路衢，说者迭相为异。又坊市豪家，相为无遮斋大会，通衢间结彩为楼阁台殿，或水银以为池，金玉以为树，竞聚僧徒，广设佛像，吹螺击钹，灯烛相继。又令小儿玉带金额白脚，呵唱于其间，恣为嬉戏。又结锦绣为小车舆，以载歌舞。如是充于辇毂之

③ 两街：指唐代首都长安的横街和朱雀大街的合称。

④ 齧：同"啮"。

⑤ 炼顶：以香、艾置于头顶烧灼供佛，为僧徒修炼苦行之一。

下，而延寿里推为繁华之最。

是岁秋七月，天子晏驾。公主⑥薨而上崩，同昌之号明矣。

译文

唐懿宗咸通十四年（874）春，皇帝下诏令数十位高僧大德去凤翔法门迎接佛骨舍利。百官向天子进呈奏疏谏言，还有的官员借宪宗的事来劝谏。但皇帝说："只要能让我活着亲眼看见佛骨舍利，我死而无憾。"皇帝下令用金银造了一座佛塔，用各种珍珠、宝玉制作了帷帐、香轿，还用孔雀身上柔细的绒毛来装饰。建造的佛塔小的高有一丈，大的高有两丈。用芳香的檀木雕刻成飞帘、栏杆、瓦木、台阶之类，上面又覆盖了一层金银。抬一座佛塔，则用了数百的壮丁。那些宝帐、香轿更是无法一一记述，皆细致精巧灿烂，能与日争辉。那佛塔上的幢幡全部装饰着珊瑚、玛瑙、珍珠和碧绿的宝石，计算一下所用的珍珠宝石，不止一百斛。用裁剪的彩色的布做成的幡和伞，大约有一万队。

四月初八，佛骨舍利来到长安。从开远门安福楼开始，街道两边念佛之声响彻天地，男男女女都来观礼，和尚、道士都在后面跟从。皇帝祈福，亲自顶礼迎接佛骨舍利，泪水浸湿胸前。皇帝又立即召来两街的供奉僧人，分别赐给他们金帛，多少不一。还有那些迎接佛骨舍利的京师耆老，皇帝也都赐给他们银碗和锦彩。长安的豪门争相装饰车马服饰，并驾齐驱在长安的街道上，拥满了整条街。长安四郊之人，扶老携幼前来观礼，他们全都吃素食，为了等待恩福的降临。时不时会有士卒在佛前自断左臂，用右手拿着它，一步一行礼，血流满地。至于那些趴在地上用肘或用膝前行的人、断指剪发的人，就不可胜数了。还有和尚，把艾草覆在头顶上烧灼，说是炼顶。等火燃烧便大痛起来，头顶的艾草掉了下来，痛得和尚大声呼喊。坊间的少年抓住他，不让他动摇，而和尚实在痛得不能忍受，躺在道路中间哭号，头顶此时已被烧得焦烂，举止窘迫，凡是看见的人无不讥笑此举。

皇帝迎接佛骨舍利进入了宫内的道场，马上命人铺设金花帐、温清床，而那些什么龙鳞之席、凤毛之褥，用玉髓制成的熏香、琼膏之乳都是咸通九年诃陵国进献的。初迎佛骨舍利时，皇帝下诏，命令京城以及京郊地区在道路两旁用土垒成佛塔之状，有的高一二丈，有的达到八九尺，这些佛塔都是用金翠装饰，京城之内这样的佛塔大概要以"万"来计算。这时，有谣言说那些佛塔摇动，路边出现了佛光祥云，这些传言一个传一个，一个传一个，大家认为这是神异。又有长安坊市内的豪门大户相互间举行无遮斋大会，道路中间用彩色的丝绸装饰楼阁台殿，有的用水银装饰水池，用金玉装饰树木，争相把和尚聚集起来，广设佛像，吹螺击钹，整夜不熄，灯烛一个接一个点燃照亮。又让小孩子佩戴以玉为饰的腰带、以金为饰的额饰，光着脚丫，在其间唱歌，随意嬉戏。还把那些织绵刺绣织成小的车厢，人们在其上载歌载舞。这种热闹的场面，在天子脚下迎接佛骨舍利的街市很多，其中以延寿里最为繁华。

这一年秋天，七月，天子驾崩。公主病亡之后，皇帝驾崩，同昌公主的这个"号"很清楚地说明了一切。

皇甫湜

高彦休

原文

皇甫郎中湜，气貌刚质，为文古雅，恃才傲物，性复褊而直。为郎南宫时，乘酒使气，忤同列者。及醒，不自适，求分务温洛，时相允之。值伊瀍①仍岁歉食，正郎滞曹不迁，省俸甚微，困悴②且甚。尝因积雪，门无辙迹，庖突无烟。晋公时保釐洛宅③，人有以为言者，由是卑辞厚礼，辟为留守府从事。正郎感激之外，亦比比乖事大之礼，公优容之，如不及。

先是，公讨淮西日，恩赐钜万，贮于集贤私第。公信浮屠教，且曰："燎原之火，漂杵之诛，其无玉石俱焚者乎！"因尽舍讨叛所得，再修福先佛寺，危楼飞阁，琼砌璇题。就有日矣，将致书于秘监白乐天，

《皇甫湜》出自高彦休撰《阙史》，宋李昉录于《太平广记》卷二百四十四褊急。

① 伊瀍：伊水与瀍水，位于河南，均入洛水。也指该两流域地区。

② 困悴：贫困愁苦。

③ 晋公：指晋国公裴度。保釐洛宅：指担任东京留守。

请为刻珉之词。④值正郎在座，忽发怒曰："近舍某而远征白，信获戾于门下矣。且某之文方白之作，自谓瑶琴宝瑟而比之桑间濮上之音也。然何门不可以曳长裾，某自此请长揖而退。"座客旁观，靡不股慄。公婉词敬谢之，且曰："初不敢以仰烦长者，虑为大手笔见拒。是所愿也，非敢望也。"正郎赪怒稍解，则请斗酿而归。至家，独饮其半，寝酣数刻，呕哕而兴，乘醉挥毫，黄绢立就。又明日，洁本以献，文思古奡，字复怪僻。公寻绎久之，目瞪舌涩，不能分其句读。毕，叹曰："木玄虚⑤、郭景纯⑥《江》《海》之流也。"⑦因以宝车、名马、缯彩、器玩约千余缗，置书，命小将就第酬之。正郎省札大忿，掷书于地，叱小将曰："寄谢侍中，何相待之薄也？某之文，非常流之文也，曾与顾况为集序外，未尝造次许人。今者请制此碑，盖受恩深厚尔。其辞约三千余字，每字三匹绢，更减五分钱不得。"⑧小校既恐且怒，跃马而归。公门下之僚属列校，咸扼腕切齿，思脔其肉。公闻之，笑曰："真命世不羁之才也。"立遣依数酬之。⑨自居守府至正郎里第，辇负相属，洛人聚观。比之雍、绛

（左侧注释）
④ 原文注"公与乐天，俱兴平年传法堂师弟子"，裴度与白居易，都是兴平年传法堂师的弟子。

⑤ 木玄虚：即木华，字玄虚，西晋辞赋家，写有《海赋》。

⑥ 郭景纯：即郭璞，字景纯，两晋时期著名文学家，训诂学家，风水学者。《江赋》系他所写。

⑦ 原文注"其碑在寺西北廊玉石幢院，洛中人家往往有本在"。此碑在寺西北廊的玉石幢院，洛中的人家往往都有拓本。

⑧ 原文注"已上宝录正郎语，故不文"，以上是皇甫湜的话，所以没有加以修饰。

泛舟之役⑩，正郎领受之无愧色。

湜褊急之性，独异于人。尝为蜂螫手指，因大躁急，命臧获及里中小儿辈，箕敛蜂巢，购以善价。俄顷，山聚于庭，则命碎烂于砧机杵臼，绞取其液，以酬所痛。又尝命其子松，录诗数首，一字小误，诟詈且跃，呼杖不及，则擒啮其臂，血流及肘而止。其褊讦之性，率此类也。

参寥子⑪曰：祢衡恃才名，傲黄祖而死；正郎以直气，诋晋公而生。尊贤容众之风，山高水深之量，较之古今，悬鸡凤矣。至于皇甫正郎，螫指而渫众巢，信乎拔剑逐蝇之说。

⑨ 原文注"愚幼年尝数其字，得三千二百五十有四，计送绢九千七百六十有二。后逢寺之老僧曰师约者，细为愚说，其数亦同"，我小的时候数过那篇碑文的字数，一共是三千二百五十四个字，算起来应该是送绢九千七百六十二匹。后来，我遇到寺中的老和尚，仔细地给我说了此事，计算出来的结果也是这样。

⑩ 雍、绛泛舟之役：《左传》僖公十三年记载，"秦于是输粟于晋，自雍及绛相继，命之曰'泛舟之役'"。

⑪ 参寥子：指作者本人。

译文

唐代工部郎中皇甫湜，气度风貌刚正直爽，写出的文章古朴雅致，但他才高气傲，气量狭小，脾气急躁。他在工部任职之时，借酒醉而意气用事，与同僚对骂过。等到酒醒之后，他自觉不好意思，就请求到洛阳任职，当时皇帝就允许了。皇甫湜到洛阳时，正值伊水和瀍水泛滥，连年歉收。他在那里滞留了很长时间，也没有得到升迁，俸禄又微薄，弄得贫困憔悴。曾经有一次天降大雨，他家门前连车辙的痕迹都没有，厨房的烟囱也没有冒烟，全家都在挨饿受冻。当时的东京留守是晋国公裴度，就有人向他举荐了皇甫湜，所以裴度就以谦卑的言辞、丰厚的礼物，聘请皇甫湜为东京留守府的从事。皇甫湜感激之余，也是屡屡违背礼制，但裴度对他也是优容宽待的。

在此之前，裴度讨伐淮西叛乱有功，皇帝给了他极为丰厚的赏赐，他都储存在集贤里的私宅中。裴度信奉佛教，还说："虽然只是燎原之火，但伤亡惨重，这是大罪呀，一定会玉石俱焚哪！"他倾尽了讨伐叛乱所得，再修福先佛寺，危楼飞阁、玉砌的椽头都重新修整了一番。修整完毕之日，裴度就要写信给当时的秘书监白居易，请求他来题写碑文。此时赶上皇甫湜在座，他忽然发起怒来，说："我就在裴公您的身旁，您却舍弃我，而去远求白居易写碑文，我果真得罪了您吗？况且我的文章与白居易的相比，我自认就如同瑶琴宝瑟之音与桑间濮上之音的差别。但为什么您的门下容不得像我这样的人，既然如此，我自请辞回家。"当时在场的宾客听了这一番话，没有不担心害怕的。裴度则委婉地向皇甫湜道歉，说："起初我是不敢劳烦长者您的，考虑到您是有名之家，怕被拒绝。如果您能题写碑文，这正是我心中所愿，先前只是不敢奢望。"听了这话，皇甫湜的怒气才稍稍平息，便向裴度要了一斗酒回家了。回到家后，自己独自饮了半斗酒，又睡了些时辰，呕吐起来，之后又趁着醉意在黄绢上挥毫写起碑文来，不一会儿就写好了。到了第二天清早醒来，再把昨日写好的内容整理一番，就让人把这碑文献给了裴度，文思古奥难懂，用字又是怪僻。裴度反复思考了良久，瞪大了双眼，口舌僵滞，竟然分不清在哪里断句。他看完之后，惊叹道："这文章简直能与木玄虚的《海赋》、郭景纯的《江赋》相媲美呀！"裴度准备了宝车、名马、各种丝织品、古玩器皿等，价值万钱，又写了一封信，派小将去皇甫湜的居所把这些送给他，作为酬谢。皇甫湜看了书信后大怒，把信扔在地上，怒斥那小将说："请转告裴侍中，为何要如此亏待于我？我的文章，并非寻常之文，我除了给顾况的文集作过序，就没有再为别人写过。现在侍中请我来写碑文，只是因为侍中待我甚为优厚。这碑文大概有三千多字，每个字值三匹绢，减少五分也不行。"那小将听了此话，既害怕又恼怒，跳上马就回去了。裴度的下属以及各位将校听说了这事，都很生气，咬牙切齿，恨不得吃了皇甫湜的肉。裴度听后，笑着说："这世界上真是有非凡放达的奇才呀！"随即，裴度就派人按皇甫湜所说的酬金数目给他。从裴度的府衙直到皇甫湜居住的地方，一辆车接着一辆车，洛阳城中的人都来围观，比起当年秦国把粮食从秦都雍城送往晋都绛城的盛况，裴度将万匹绢送给皇甫湜的这一场景毫不逊色，而皇甫湜接受下来也毫无愧色。

皇甫湜度量狭小、性情急躁，与常人不同。有一次，他的手指被蜜蜂蜇了，因为急躁，命令奴婢及邻里的小一辈用簸箕收拾蜂窝，然后他用高价买下来，放在自家庭院中。没过多久，蜜蜂就像山一样聚集到这个蜂窝里，这时他又命人将整个蜂窝用杵臼、砧机砸烂，捣碎，又用布绞出汁液来，只是为了报蜇手之仇。还有一次，皇甫湜让儿子皇甫松抄录几首诗，儿子写了一个错别字，皇甫湜立刻蹦跳着大骂起来，来不及拿棍子，就抓着皇甫松的手臂咬起来，皇甫松的鲜血一直流到胳膊肘。皇甫湜这种偏狭急躁的性格，大概就是这样。

参寥子评论：祢衡恃才傲物，倚仗才名，轻慢江夏太守黄祖而被杀；皇甫湜以其直率，诋辱晋国公裴度却活了下来。尊重贤德，能容人之风，山高水深一般的度量，古今相比，就像鸡与凤凰。至于皇甫湜手指被蜇就毁灭许多蜂巢之说，的确是拔剑逐蝇一类没有根据的谣传罢了。

杜舍人

高彦休

《杜舍人》出自高彦休撰《阙史》。

原文

　　杜舍人①再捷之后，时誉益清，物议人情，待以仙格。紫微②恃才名，亦颇纵声色，尝自言有鉴裁之能。闻吴兴郡有长眉纤腰有类神仙者，罢宛陵从事，专往观焉。使君籍甚其名，迎待颇厚。至郡旬日，继以洪饮，睨观官伎曰："善则善矣，未称所传也。"览私选曰："美则美矣，未惬所望也。"

　　将离去，使君敬请所欲，曰："愿泛彩舟，许人纵视，得以寓目，愚无恨焉。"使君甚悦，择日大具戏舟讴棹较捷③之乐，以鲜华夸尚，得人纵观，两岸如堵。紫微则循泛肆目，竟迷所得。及暮将散，俄于曲岸见里妇携幼女，年邻小稔。紫微曰："此奇色也。"

① 杜舍人：指杜牧。舍人，指官名。杜牧曾官至中书舍人，所以称他为舍人。

② 紫微：唐代开元年间改中书省为紫微省，中书舍人为紫微舍人，这里的紫微指的就是杜舍人杜牧。

③ 较捷：比赛胜负。

遽命接致彩舟，欲与之语。母幼惶惧，如不自安。紫微曰："今未必去，第存晚期耳。"遂赠罗缬一箧为质。妇人辞曰："他人无状，恐为所累。"紫微曰："不然。余今西航，祈典④此郡，汝待我十年，不来而后嫁。"遂笔于纸，盟而后别。

　　紫微到京，常意雪上。厥后十四载，出刺湖州，之郡三日，即命搜访，女适人已三载，有子二人矣。紫微召母及嫁者诘之，其夫虑为所掠，携子而往。紫微谓曰："且纳我贿，何食前言？"母即出留翰以示之，复白曰："待十年不至，而后嫁之，三载有子二人。"紫微熟视旧札，俯首逾刻，曰："其词也直。"因赠诗以导其志。诗曰："自是寻春去较迟，不须惆怅怨芳时。狂风落尽深红色，绿树成阴子满枝。"翌日，遍闻于好事者。

④ 典：主管。

译文

　　杜舍人科举及第之后，当时的声誉更加清雅，众人的议论或是人情往来，都视他如仙人一般。杜舍人倚仗才学，也是颇为肆意，纵情于声色。他自称有察识人、物优劣的才能。当听说吴兴郡有一个细腰长眉的官伎，颇像仙女，他便卸去宛陵从事一职，专门来到吴兴郡一观。当地使君听说过杜舍人之名，用隆重的礼节来迎接、厚待他。杜舍人到了这里十日，接连豪饮，斜着眼睛看着那个官伎说："好看是好看，但并不像传闻那样。"他私下里又说："漂亮是漂亮，但还是不合乎我的期望。"

杜舍人就要离开吴兴郡。在离开之前，当地使君恭敬地问他临行之前还想去往何地。杜舍人说："我希望登上华丽的船，在江上一游，允许别人从远处观望，我也可以看一看，这样我就没有什么遗憾的了。"使君非常高兴，选了一个好日子，准备了盛大的划龙舟比赛，以鲜艳华丽为时尚。比赛当日，人们穿上这样的衣服在两岸观望，人山人海。杜舍人则循着龙舟的轨迹极目远眺，最后竟然也分辨不清了。等到日暮时分，人群将要散去，杜舍人在岸边看见一个妇人带着一个女孩儿，年纪不大。杜舍人说："这个女孩儿真是绝色。"使君听了，马上命人把这二人接到自己乘坐的彩舟之上，想要和他们说话。母女二人被接上船之后，惶恐不安。杜舍人说道："今天不必去，以后晚些再说吧！"他赠给母女二人一箱丝罗作为抵押。那妇人推辞说："有的人恣意妄为，恐怕要受连累。"杜舍人对那个小女孩儿说："不会连累到别人。我现在要向西航行，向皇上请求管理此郡。你等我十年，十年之后，如果我还

没回到这里做官，你就嫁给别人。"他拿起笔，把这番誓言写在了纸上，发过誓之后，便向母女二人告别。

杜牧回到京城，常常想起发生在船上的事。过了十四年，杜牧终于来到湖州担任州府长官，刚到吴兴郡三天，就命人去寻访，但找到那女子，才知道她嫁人三年了，还有了两个孩子。杜舍人召来已嫁人的女子和她的母亲责问，那女子的丈夫以为妻子被抢，也带着孩子前去。只听杜舍人说："你接受了我的丝罗，为何还要食言，嫁给别人？"那女子的母亲立即拿出当年留下的字据给他看，然后说："我们等了十年，你也没来，她才嫁给别人的。现在已经结婚三年，有了两个儿子。"杜舍人看到了自己熟悉的字迹，低下了头，过了一刻钟才说道："这文辞也是直爽。"他又赠给他们一首诗，表达其意："自是寻春去较迟，不须惆怅怨芳时。狂风落尽深红色，绿树成阴子满枝。"第二天，这首诗就传遍了四方。

秦川富室少年

高彦休

原文

秦川富室少年，有能规利[1]者，盖先兢慎诚信，四方宾贾慕之如归，岁获美利，藏镪[2]巨万。一日逮夜，有投书于户者，仆执以进。少年启书，则蒲纸加蜡，昧墨斜翰，为其先考所遗者，且曰："汝之获利，吾之冥助也。今将有祸，履校灭趾，故先觉耳。然吾已请于阴骘矣，汝及朔旦[3]，宜斋躬洁服，夕于春明门外逆旅，仍备缗之随龄者三十有五，蘽帕弢之，候夜分则往灞水横梁，步及石岸，见有黄其衣者，乃置于前，礼祝而进，灾当可免。或无所遇，即挈缗以归，善计家事，急为窜计，祸不旋踵矣。"

少年捧书大恐，阖室素服而泣，专志朔旦，则舍

《秦川富室少年》出自高彦休撰《阙史》，宋李昉录于《太平广记》卷二百三十八诡诈。

[1] 规利：谋求利益。

[2] 镪（qiǎng）：钱串，引申为成串的钱。后多指银子或银锭。

[3] 朔旦：旧历每月初一。

弃他事，弹冠振衣，宵出青门之外，俨若不寐。恭候夜分，乃从一仆乘一马，驰往横梁，怯于无觋。至则果睹一物，形质恢怪，蓬头黄衣，交臂束膝，负柱而坐，俯首以寐。少年载惊载喜，捧素于前，祈祝设拜，无敢却顾。急驱而回，返辕相庆，以为幸免。独有仆之司驭者，疑其不直。

曾未逾旬，铜壶④始漏，复有掷书者，厮皂⑤立擒之，乃邻宇集庠序导青襟者。启其缄札，蒲蜡昧札如上，词曰："汝灾甚大，曩之寿帛，祸源未塞，宜更以缣三十五，重置河梁。"富室少年列状始末，诉于县官。诘问伏罪，遂置枯木。时故桂府⑥李常侍丛制锦⑦万年，讼牍数年前尚在，往往为朝士取去。

参寥子云：巫蛊似是，其孰能辩？小则蒲纸，大则桐人。

④ 铜壶：古代铜制壶形的计时器。

⑤ 厮皂：仆人。

⑥ 桂府：礼闱，指礼部考试进士的场所。

⑦ 制锦：指贤者出任县令。

译文

秦川有一少年，家里很富有，擅长通过经营而获取利润。他做生意讲求小心谨慎，诚恳信实，各地的商人都非常敬服他，愿意与他做生意。因此，他每年都能获得巨大的利润，积攒钱财数万。一天夜里，有人将一封信投进了少年的家中，仆人把信送进了房间。少年打开这封信，信是用蒲纸写的，用蜡封的，墨迹漆黑，字体倾斜，是他死去的父亲遗留的。上面写道："你做生意能够获得丰厚的利润，都是我在阴间帮助你的结果。如今你就要大祸临头，戴上脚镣，遮住脚趾了，但是我事先察觉了。所以我已在阴间为你祈求护祐，但你还需要做一件事。等到下个月初一早晨，你要穿着干净的衣服，亲自吃斋念佛，晚间宿于春明门外的旅馆，还要准备好本年的细绢三十五匹，用蘗帕把它们藏好，等到半夜就送往灞水桥上，再步行到岸边，看见穿黄衣的人，就把这细绢放到他的面前，要行礼祝祷着前进，这样你就可以免于灾祸了。如果没有遇见，你就带着那些细绢回家，好好地安顿家里的事，赶快筹谋如何逃跑，祸患很快就到了。"

少年手捧着书信，非常害怕，全家人都身穿着素服而泣。此后，那少年一心想着那封书信所写的下月初一将要发生的事，其他什么事情都不做。等到了这一天，少年整理好自己的衣帽，夜里带着三十五匹细绢来到青门之外，俨然一副不睡觉的样子，恭敬地等到半夜时分，就带着一个仆人，骑着一辆马车，驰往灞桥横梁。一路上一直担心什么人也看不到，等到了灞桥上，果然看到一人，样貌恢谐古怪，蓬头垢面，身穿黄衣，双臂交叉抱于膝前，背靠桥柱而坐，低着头打盹儿。少年又惊又喜，手捧着细绢，放到那人面前，祈求祝祷，然后叩拜。离开时也不敢回头看，急忙驱马回家。返回家后，他与家人庆贺，认为自己终能幸免于难了。唯独那个同来的驾车的仆人，怀疑此事有鬼。

还没过十天，又有人向少年家投掷书信。上次与少年同去的那个仆人，立刻把投掷书信的人抓了起来，原来是邻家在学校教导学生的读书人。打开那封书信，与上次一样是用蒲纸书写，用蜡封上的。信中写道："你的灾祸非常大，你之前送来的细绢没有让你免去灾难，应该再拿三十五匹来，送至灞桥之上。"富家少年看后，才知道上当受骗，便在诉状上写下此事的经过，告到县官那里。县官审问这个邻人，他害怕了，一一认罪伏法，被戴上了刑具。当时桂府常侍李丛担任万年县的县令，他经手的数年前的案卷现在还在，常常被朝廷官员拿去学习。

参寥子评说：诅咒害人的邪术似是而非，谁能分辨得出？小的用蒲纸来害人，大的则用铜人。

王可久冤狱

高彦休

原文

尚书博陵公[①]碣[②]，任河南尹，摘奸剔暴，为天下吏师。先是，有估客[③]王可久者，膏腴之室，岁鬻茗于江湖间，常获丰利而归。是年，又笈贿适楚，始返，楫于彭门[④]。值庞勋[⑤]构逆，阱于寇域，逾期不归。有妻美少，且无伯仲息胤[⑥]之属，妻尝善价募人，访于贼境之内，四裔竟无得其影迹者。或曰已戕于巨盗而帑其财贿矣。

洛城有杨乾夫者，以善卜称。妻晨持一缣，决疑于彼。杨生素熟于事，且利其色，思以计中之。乃为端蓍[⑦]虔祝，六位[⑧]既兆，则曰："所忧岂非伉俪耶？是人绝气久矣，象见坟墓矣，遇劫杀与身并矣。"妻

《王可久冤狱》出自高彦休撰《阙史》，宋李昉录于《太平广记》卷一百七十二精察二。

① 博陵公：爵位名。

② 碣：指尚书崔碣。

③ 估客：行商之人。

④ 彭门：地名彭城，即今江苏徐州。

⑤ 庞勋：唐末桂林戍卒起义的领袖。

⑥ 息胤：子嗣、子女。

号咷将去，即又勉之曰："阳乌已晚，幸择良辰清旭，更垂访问，当为再祝。"妻诚信之，他日复往。振策布算，宛得前卦，乃曰："神也，异也，无复望也。"仍言号恸非所以成礼者。第择日举哀，缞服髽发^⑨，绘佛饭僧，以资冥福。妻且悲且愧，以为诚言，无巨细事，一以托之。杨生主办，雅竭其志。则又谓曰："妇人茕独而积财贿，寇盗方炽，身之灾也，宜割爱以谋安适。"妻初不纳，夜则飞砾以惧之，昼则声寇以饵之。妻多杨之义，遂许嫁焉。杨生既遂志，乃悉籍所有，雄据优产。又逾月，皆货旧业，挈妻卜居洛渠北。

其明年，徐州^⑩平，天子下洗兵诏，大慝就擒外，胁从其间者，宥而不问，给篆为信，纵归田里。可久髡^⑪裸返洛，疥痒瘠殍，匃^⑫食于路。至则访其庐舍，已易主矣。曲讯妻室，不知所从。辗转饥寒，循路号叫。渐有人知者，因指其新居。见妻及杨，肆目门首，欲为揖认，则诃詈诟辱，仅以身免。妻愕眙^⑬以异，复制于杨。可久不胜其冤，诉于公府。及法司按劾，杨皆厚贿以行。取证于妻，遂诬其妄。时属尹正长厚，不能辩奸，于是以诬人之罪加之，痛绳其背，肩校出

⑦ 著：著草，古时用于占卜。

⑧六位：《易经》中每一卦里六爻的位置。

⑨ 髽发：古代女人在丧事时用麻布裹头结发。

⑩ 徐州：指前面所说的平城。

⑪ 髡：古代剃去男子头发的一种刑罚。

⑫ 匃：同"丐"。

⑬ 愕眙：惊视的样子。

彊。可久冤楚相萦，殆将溘尽。命禄未绝，洛尹更任，则衔血赍冤，诉于新政。新政亦不能辩，其所鞫吏，得以肆堇^⑭毒于箠言，且曰："以具狱讼旧政者，有汉律在。"则又裂鲞，配邑之遐者，隶执重役。可久双眦洒血，而目枯焉。

时博陵公伊水燕居，备聆始卒。天启良便，再领三川^⑮。狱吏屏息，覆盆举矣。揽辔观风化之三日，潜命就役所，出可久以至。仍敕吏掩乾夫一家，并素鞫吏，同桎其颈。且命可久暗籍其家，服玩物所存尚夥，而鞫吏贿赂丑迹昭焉。既捶其胁，复血其背，然后擢发折足，同弃一坎。收录家产，手授可久。时离毕^⑯作沴，翳云复郁，断狱之日，阳轮洞开，通逵相庆，有至出涕者。沉冤积愤，大亨畅于是日。古之循吏，孰能拟诸？

⑭ 堇：指中药乌头，有毒。

⑮ 三川：指今河南省北部黄河两岸之地。

⑯ 离毕：指月亮附于毕星，是天将降雨的征兆。

译文

尚书博陵公崔碣，出任河南尹的时候，吏治清明，除奸除暴，堪为天下做官之人的老师。当时，有个商人叫王可久，家中非常有钱，每年都来往于江湖间贩卖茶叶，常常是赚了很多钱之后回家。这一年，他又带着钱去楚地做生意，返回到彭城之时，正赶上庞勋发动起义，他就被困在了那里，过了日期还没有回家。王可久的妻子年轻貌美，他的家中也没有兄弟和子嗣。她曾经用高价来招募他人去被起义军占领的地区寻找王可久，竟然没有探得一丝行迹。还有人说王可久被盗贼抢夺财物之后杀了。

洛阳城有个人叫杨乾夫，以善于算卦著称。一日，王可久的妻子拿着一匹细绢去找杨乾夫算一卦，以解除心中的疑惑。杨乾夫向来了解算卦人的心理，知道她所求之事，又看到她年轻貌美，就见色起意，想让她中计，好成为自己的囊中之物。杨乾夫假装虔诚地为她占卜祷告。卦象显现出后，杨乾夫问："你担心你的丈夫吧？可是这个人已经死了很久，我从卦象上看到了坟墓，应该是你的丈夫遇到了抢劫之后被杀害了。"王可久的妻子听了这些话，放声大哭，就要离开。杨乾夫又安慰她说："现在天色已晚，希望你能再找一个好日子，清晨到我这里来，我再给你占卜一次。"王可久的妻子相信了此话，在另外一天再次来找杨乾夫。杨乾夫再次卜卦推算，好像显示的还是上次的卦象，于是说道："真是神异呀，你不要再存什么希望了。"他又说哀号痛哭并不能解决问题，使礼仪完备，应该尽快择日举行葬礼，穿上丧服，用麻布裹住头发，画上佛像，请和尚诵经祈福，以求丈夫在阴间能获得幸福。王可久的妻子又悲伤又惭愧，认为杨乾夫所说皆是肺腑之言，便事无巨细，把所有事情都托付给他。杨乾夫为王可久办了丧事，尽力完成其妻所愿。后来，他又对王可久的妻子说："你一个女人独自居住，家中又有那么多钱财，现在又是盗贼横行，你会有灾祸的，你应该忘记你的丈夫，嫁给我，谋求安定舒适的生活。"王可久的妻子起初不答应，杨乾夫就在夜里向他家扔石子，让她害怕，白天则造谣说贼寇来了，去诱惑她。王可久的妻子并没有识破这个奸计，反而感谢杨乾夫的仗义，就嫁给了他。杨乾夫得逞了，满足了自己的欲望，又登记了所有的财产，把王可久的一切占为己有。又过了一个月，他把王可久的产业全部变卖，带着妻子，搬到洛渠北定居。

第二年，徐州平定，起义被镇压，天子下诏令以示胜利结束战乱，除了罪大恶极的叛乱首领就擒，其他被迫相从的人都被宽宥，不被追究，按下了官印作为信物，让他们各自返回家乡。王可久终于可以返回洛阳家乡，这时，他的头发已经剃去，衣衫褴褛，满身长满疥癣，肮脏不堪，沿街乞讨返乡。到了家乡，他找到了自己的家，却发现换了主人。王可久到处询问妻子的去向，无人知晓。他饥寒交迫，辗转寻找，沿路大声呼喊妻子的名字。他的行为逐渐感动了路人，终于有人告知他其妻去向，给他指明了其妻所住的地方。到了那儿，王可久看见了妻子和杨乾夫，又仔细地看了看门口，想要去相认，却被杨乾夫侮辱痛打，只是没有打死而已。王可久的妻子惊讶地看着他，感觉有些异样，但是为杨乾夫所控制。王可久忍受不了这样的冤屈，便告到官府。调查的官员来取证时，杨乾夫用金钱去贿赂，骗王可久的妻子得到了证据，又诬蔑王可久说谎。当时负责审案的官员恭谨宽厚，分辨不清忠奸，便判了王可久诬陷之罪，命人痛打其背，还戴上了枷械，施以重刑。王可久感到既冤枉，又痛楚，几乎死去。可是他命不该绝，洛阳尹换了人，王可久又含血诉冤，向新任的长官告状。无奈新任的洛阳尹也分辨不出忠奸善恶。他手下审讯的官吏便用恶毒的语言攻击王可久，说他诬陷朝廷命官，并且说："你想要告前任洛阳尹，有汉律在。"他们又安排了一些阿谀奉承的闲散官吏监管他，让他做苦役。王可久的冤屈无处申诉，眼泪流干了，双眼流出了鲜血。

当时博陵公崔碣闲居在伊水河畔，听说了王可久案件的始末。此时赶上天赐良机，崔碣来担任这里的地方官。崔碣上任来到洛阳，狱吏被吓得不敢呼吸，一些冤案也被平反。崔碣多次到民间观察民风，偷偷命人来到王可久服役的地方，放出了王可久，又命令手下官吏捉拿杨乾夫一家，并且抓来那个审判者，一起戴上刑具。同时命令王可久暗中清点杨家财产，其财产中还有很多供人赏玩的器物。如此这般，那些之前审判此案的人，收取贿赂的行为昭然若揭，全部被查明了。崔碣命人责罚他们，先是痛打他们的肋骨，鞭打他们的后背，让他们血流满地，又拔下他们的头发，弄断他们的手脚，把他们扔到同一个墓穴中，又抄没了杨乾夫家的所有家产，还给王可久。先时天是阴沉沉的，要降下自然灾害，而王可久的冤案判决之日，则阳光普照，四面八方的人们共同向他道贺，甚至有人掉下了眼泪。就在这一天，沉冤得雪，积累的愤怒得以发泄，大为畅快。古代所谓遵纪守法的官吏，又有谁能像博陵公崔碣那样呢？

薛氏二子 高彦休

原文

有河东薛氏子二，野居伊阙①，茂林修竹，面水背山，力田藏书，皆务修进。先世亟典大郡，薄留伏腊婚嫁之资。

一日，木阴初成，清和戒候，偶有击扉者，启而视之，则星冠霞帔之士也。草属霜髯，气质清古，曰："半途病渴，幸分一杯浆。"二子则延入宾位，雅谈奥论，深味道腴。又曰："某非渴浆者，杖藜过此，气色甚佳，因愿少驻。"二子则留连之。坐久，复曰："舍此东南百步，而近有五松，虬偃在疆内者。"曰："某之良田也。"左道愈喜，因屏人言："此下有黄金百斤，宝剑二口，其气隐隐浮张、翼②间。③某寻之

《薛氏二子》出自高彦休撰《阙史》，宋李昉录于《太平广记》卷二百三十八诡诈。

① 伊阙：今河南省洛阳市区南的龙门。

② 张、翼：张，星名，张宿，二十八宿之一，南方朱雀七宿中的第五宿，有星六颗。翼，星名，翼宿，二十八宿之一，南方朱雀七宿中的第六宿，有星二十二颗。

③ 原文注"张、翼，洛之分野"，洛阳就处于张宿和翼宿的分野之内。

④ 丰狱：即丰城狱，传说龙泉、太阿两把宝剑就埋在丰城狱底。

⑤ 三品：指金、银、铜，这里指前文所说的黄金百斤。

⑥ 埠：古代祭祀或会盟用的场地。

⑦ 噀：含在口中而喷出。

⑧ 原文注"赤黑索也"，红黑的绳索。

⑨ 镭：锁的意思。

⑩ 景纯：郭璞，字景纯，两晋时代最著名的方术士，传说擅长诸多奇异的方术。

久矣，丰狱④即其地，三品⑤可以分赡亲属之甚困者，唯龙泉自佩，当位极人臣。某亦请其一，效斩魔之术。"二薛大惊。左道曰："家童暨役客辈，悉命具畚锸之类，俟择日发土，须臾可以目验矣。无术以制，则逃匿黄壤，不复能追。今俟良宵，翦方为埠⑥，法步水噀⑦之，不能遁也。且诫僮仆无得泄者。"又问结坛所须，则曰须徽缰⑧三百尺，随方纸彩缣素甚夥，暨几案、炉香、茵褥之具。且曰："某非利财矣，假以为法，不毫触耳。所费者祭膳十座，醮茗随之，器以中金者为首。"二子则竭产以经营，其所缺者，贷于亲友。又言："某善点化术，以是粪睨金玉，常以济人危急为务。今有橐装寓太微宫，欲以奉寄。"二子许诺，乃召人负荷而至，囊笈四所，重不可胜，缄镭⑨甚严，祈托以寄。

旋至吉日，因大施法具于五松间，命二子拜祝讫，亟令返第，封门而俟，且诫："无得窥隙，某当效景纯⑩散发衔剑之术。脱或为人窥，则福移祸至。俟行法毕，当举燧以呼，炬兴可与僮役偕来矣。俟扶桑未烛，聚力以发，冀得静观至宝也。"二子敬依此教，严戢舆皂，无得妄行。自夜分危坐，系望烛光，杳不见举。伺久，则鸡晨树杪矣。二子虑太阳东上，览于行人，不得已辟户遽侦之，默无影响。步于松下，则掷杯覆器，似数辈纵食于其间者。炉香机案，倾侧左右，纸彩器皿，悉已携去，轮蹄印迹，错于短墙，疑用徽缰萦固以遁。因发四箧，瓦砾实中。自是家产甚困，失信于人，惊愕忧惭，默不敢诉，而骇谈非论，夕遍京洛。

参寥子曰："非望之福，焉可苟得？左道之事，其足信乎？"

译文

河东薛氏有两个儿子，住在伊阙的郊野，这里树木郁郁葱葱，竹林茂盛，背山面水，是个好地方。兄弟二人在这里勤于农事，又收藏了很多书籍，都致力于修行进步。他们的先人多次担任州府主官，也给兄弟俩留下了一些可供祭祀或婚丧嫁娶的资财。

初夏的一天，树荫初成，天气清平和暖，忽然有敲门声传来。兄弟二人打开门一看，是一位道士。他的脚下穿着草鞋，双髯如霜，气质清雅古朴。道士对兄弟二人说："我在途中身患疾病，又口渴，希望能施舍我一杯水喝。"兄弟二人把道士请进来，把他当作宾客来对待。入座后，道士高谈阔论，兄弟二人听他谈吐高雅，言辞古奥，深得道家精髓。道士又说："我来这里并非因为口渴，只是我挂杖路过此地，看到这里有祥瑞之气，所以希望能稍稍停留一会儿。"兄弟二人听说之后，一再挽留。那道士又说道："从你们家向东南行一百步，附近有五棵松树，有虬龙就潜卧在那里。"兄弟二人说："那里正是我们的田地。"道士听后越发高兴，直到兄弟二人把下人都屏退，才又道："那下面埋藏着百斤黄金、两口宝剑，你们可以看到宝气隐隐飘于张宿和翼宿之间。我寻找了很久，传说中埋藏龙泉、太阿两把宝剑的丰城狱底就在这里。那里埋藏着的黄金，你们兄弟二人可以分给贫穷的亲戚。只是其中的一把宝剑你们可以自己佩带，那样今后就会位极人臣。我想要其中的另一把，用它来斩妖除魔。"兄弟二人听后大惊。只听那道士又说："你们让家中的童仆、雇用的工匠等人，都准备好铁锹、撮土的工具等，选个吉日，咱们就去挖土，很快，你们就可以去验证我说的是不是真的。但是，如果没有道术去压制，这些宝贝就会逃窜到黄土中，再也追不上、得不到了。现在，我们只等到了晚上，在五棵松树之间找一块地方作为法坛，效法瀑布之水那样，口中含一口水喷上去，这样那些宝物就不能藏起来了，还得告诫你们家的童仆和工人不要泄露出去。"兄弟二人应允了，然后又问做一个法坛需要什么。道士则回答，需要三百尺的徽缥，以及很多设置法坛所需的彩色细绢和几案、香炉、褥垫等物。道士还说："我并非贪图这些财物，我只是用它们来作法术，这些东西我丝毫不会碰的。当然，作法术还需要十座祭祀用的膳堂，以及酒和茶，祭祀所用的器具要用黄金制成。"听了这话，兄弟二人卖掉了家产来筹划，不够的就向亲友们借。除了这些，道士还说："我擅长点化之术，所以会视金钱为粪土，也会经常救人于水火之中。我现在有几箱子珠宝财物在太微宫，想寄存在你们这里。"兄弟二人当然答应了他的要求，令人背着这些箱子回来。箱子一共有四个，非常重，封得非常严实，说是只是暂时寄放在薛氏兄弟这里。

转眼就到了施法的吉日，那道士就在五棵松树之间摆好施法所需的一切器物，令兄弟二人跪拜祷告。兄弟二人祷告完毕，道士立即让他们回家，关上门等候消息，并且告诫二人："不要偷看，我将要效法郭景纯散发衔剑之术。倘若被别人偷看到，就会大祸临头。等到我施法完毕，我就会举着火把大声呼叫，你们看到火把点燃，就可以带着家仆一起过来。待到日出之前，你们一起去挖，就可以静待见到那些至宝了。"兄弟二人听后，非常慎重地依照道士所说的去做，严格管理下人，没有随意行动。兄弟二人从半夜开始就正身而坐，心系着远处的火光，可是远远的也看不到有火光亮起。等了很久很久，天就要亮了。兄弟二人考虑到太阳升起之后就会被其他人看到，不得已打开了房门，远远地在暗中观察，五棵松树那边却毫无声响。兄弟二人觉得不对劲，就来到了五棵松树下，这才看到，作法术所用的杯子等器具随处乱扔，可谓杯盘狼藉，似乎有很多人在这里大吃大喝过。而那些香炉、几案，左右倾倒。那些细绢、金器等值钱的器物都被拿走了，马蹄以及车轮的印迹遍布在四周的矮墙上，约莫是用徽缥这种绳索捆绑了那些器物，装上车后逃跑了。薛氏兄弟二人突然想起那道士说过寄存于此地的装满珠宝的四个大箱子。打开箱子一看，这哪里是珠宝，只是一些砖块瓦砾。兄弟二人这才清楚地知道，他们被那妖道骗了。自此，薛家兄弟家道中落，变得一贫如洗，不仅如此，还失信于人。对于被那妖道所骗之事，又是惊愕，又是忧虑惭愧，但又不敢告官，只有吃下这哑巴亏。而这惊世骇俗之举，一夕之间便传遍了京洛之地。

参寥子评说："非分之福，怎么可能轻易就获得？旁门左道，怎么可能这么轻易就相信呢？"

韩翃

孟棨

《韩翃》出自孟棨撰《本事诗》，宋李昉录于《太平广记》卷一百九十八文章一。

原文

韩翃少负才名，天宝末举进士，孤贞静默，所与游皆当时名士。然而荜门圭窦，室唯四壁。邻有李将妓柳氏。李每至，必邀韩同饮。韩以李豁达大丈夫，故常不逆。既久愈狎，柳每以暇日，隙壁窥韩所居，即萧然葭艾。闻客至，必名人，因乘间语李曰："韩秀才穷甚矣，然所与游，必闻名人，是必不久贫贱，宜假借之。"李深颔之。间一日，具馔邀韩。酒酣，谓韩曰："秀才当今名士，柳氏当今名色，以名色配名士，不亦可乎？"遂命柳从坐接韩。韩殊不意，恳辞不敢当。李曰："大丈夫相遇杯酒间，一言道合，尚相许以死，况一妇人，何足辞也？"卒授之，不可拒。

又谓韩曰："夫子居贫，无以自振，柳资数百万，可以取济。柳淑人也，宜事夫子，能尽其操。"即长揖而去。韩追让之，顾况然自疑，柳曰："此豪达者，昨暮备言之矣，勿复致讶。"俄就柳居。

来岁成名。后数年，淄青节度侯希逸奏为从事。以世方扰，不敢以柳自随，置之都下，期至而迓①之。连三岁不果迓，因以良金置练囊中寄之，题诗曰："章台柳，章台柳，往日依依今在否？纵使长条似旧垂，亦应攀折他人手。"柳复书答诗曰："杨柳枝，芳菲节，可恨年年赠离别。一叶随风忽报秋，纵使君来岂堪折！"

柳以色显，独居恐不自免，乃欲落发为尼，居佛寺。后翊随侯希逸入朝，寻访不得，已为立功番将沙咤利所劫，宠之专房。翊怅然不能割。会入中书，至子城东南角，逢犊车，缓随之，车中问曰："得非青州韩员外邪？"曰："是。"遂披帘曰："某柳氏也，失身沙咤利，无从自脱。明日尚此路还，愿更一来取别。"韩深感之。明日，如期而往，犊车寻至。车中投一红巾，包小合子，实以香膏，呜咽言曰："终身

① 迓：迎接。

永诀。"车如电逝，韩不胜情，为之雪涕。

是日，临淄太校置酒于都市酒楼，邀韩，韩赴之，怅然不乐。座人曰："韩员外风流谈笑，未尝不适，今日何惨然邪？"韩具话之。有虞侯将许俊，年少被酒，起曰："僚当以义烈自许，愿得员外手笔数字，当立置之。"座人皆激赞，韩不得已与之。俊乃急装，乘一马牵一马而驰，径趋沙叱利之第。会叱利已出，即以入曰："将军坠马，且不救，遣取柳夫人。"柳惊出，即以韩札示之，挟上马，绝驰而去。座未罢，即以柳氏授韩曰："幸不辱命。"一座惊叹。时叱利初立功，代宗方优借，大惧祸作，阖座同见希逸，白其故。希逸扼腕夺髯曰："此我往日所为也，而俊复能之。"立修表上闻，深罪沙叱利。代宗称叹良久，御批曰："沙叱利宜赐绢二千匹，柳氏却归韩翃。"

后事罢，闲居将十年。李相勉镇夷门，又署为幕吏。时韩已迟暮，同职皆新进后生，不能知韩，举目为"恶诗"。韩悒悒[2]，殊不得意，多辞疾在家。唯末职韦巡官者，亦知名士，与韩独善。一日夜将半，韦叩门急，韩出见之，贺曰："员外除驾部[3]郎中、知

② 悒悒：忧愁不乐的样子。

制诰。"韩大愕然，曰："必无此事，定误矣。"韦就座曰："留邸状报，制诰阙人，中书两进名，御笔不点出。又请之，且求圣旨所与，德宗批曰：'与韩翃。'时有与翃同姓名者，为江淮刺史，又具二人同进，御笔复批曰：'春城无处不飞花，寒食东风御柳斜。日暮汉宫传蜡烛，轻烟散入五侯家。'又批曰：'与此韩翃。'"韦又贺曰："此非员外诗也？"韩曰："是也。"是知不误矣。质明④而李与僚属皆至，时建中初也。

自韩复为汴职以下。开成中，余⑤罢梧州，有大梁凤将赵唯，为岭外刺史，年将九十矣，耳目不衰。过梧州，言大梁往事，述之可听。云此皆目击之，故因录于此也。

③ 驾部：官职名。掌舆辇、传乘、邮驿、厩牧之事。

④ 质明：天刚亮的时候。

⑤ 余：这里指作者。

译文

韩翃年少之时就享有才子之名，天宝末年考中进士，孤直忠贞，喜沉默，不愿高谈阔论，和他交游来往之人都是当时的名士。然而，他家很穷困，可以说是家徒四壁。他的邻居是一位将军，姓李，家中有一歌伎柳氏。李将军每次回来，一定会邀请韩翊同饮。韩翊认为李将军为人心胸开阔，性格开朗，是一位大丈夫，所以李将军每次相邀，他都不会推托。时间越长，两家就越亲近。每到闲暇的时日，柳氏就会从墙壁的缝隙中偷看韩翊的住处，总会看到他潇洒悠闲的样子。如果听到有客来访，则一定是当世的有名之人。柳氏对此感到很奇怪，就找机会跟李将军说："韩秀才那么穷，但是与他交往的都是很有声望的人，所以他一定不会长期贫困下去，您应当借此机会多与他交往。"李将军对柳氏所言深表赞同。隔了一天，李将军便准备好酒宴邀请韩翊。酒喝得尽兴之时，李将军对韩翊说："韩秀才你是当今名士，而柳氏亦为当世有名的美女，以绝色来配名士，不是很好吗？"说完，他就命柳氏坐在韩翊的身边来侍候他。韩翊感到非常意外，恳切辞让，连说不敢当。李将军却说："大丈夫在酒宴上相识，如果彼此趣味相合，尚且能以死相许，况且她只是一个妇人，您又何必推辞呢？"最终，李将军还是把柳氏送给了韩翊，韩翊也没有办法拒绝了。之后，李将军又对韩翊说："你家贫穷，你是没有办法自己让这个家兴旺起来的，柳氏有百万资产，你可以取用。柳氏贤淑，应当去侍奉您，让她尽力，以配其德行。"说完这番话，李将军便扬长而去。韩翊紧追着还想推辞，但没有追上。他回头望向柳氏，更加怀疑此事。柳氏说："他是一个豪爽旷达的人，昨日晚间说得很详细

了，你就不要再惊讶和怀疑了。"不久，韩翃就在柳氏这里住了下来。

第二年，韩翃果然一举成名。几年之后，淄青节度使侯希逸向皇上奏请，让韩翃成为他的从事。因为当时四方不太平，韩翃就没有把柳氏带在身边，只是把她安置在都城，并且与她相约，等过些日子安定些就回来接她。但是一连三年，韩翃也没来接她，只是把一副制作精良的首饰装进绢袋中寄给柳氏，并且在绢袋之上题诗一首："章台柳，章台柳，往日依依今在否？纵使长条似旧垂，亦应攀折他人手。"柳氏收到之后，又答诗一首："杨柳枝，芳菲节，可恨年年赠离别。一叶随风忽报秋，纵使君来岂堪折！"

柳氏因为长得太漂亮，独自居住，担心不能保全自己，就落发为尼，居住在佛寺中。后来韩翃随着侯希逸入朝，回到了都城，去找柳氏，却已经找不到她了。原来，柳氏已经被立了大功的番将沙吒利劫掠，成了他的专宠。韩翃非常失落，割舍不下柳氏。适逢一日韩翃去中书省，到了京城的东南角处，遇见一辆牛车，慢慢地跟着它。车中之人问道："是青州韩员外吗？"韩翃回答："是。"车中之人掀开帘子说："我是柳氏，已失身于沙吒利，无法脱身。明天还是从这条路返回，希望能再次相见，与你告别。"韩翃深受感动。第二日他如期前往，那牛车过不久也过来了，从车中扔出一块红巾，包着一个小盒子，里面装着香膏。车中人呜咽着说："咱们不复相见吧！"她说完之后，

牛车飞快地离去了。韩翃悲不自胜，泪如雨下。

这一天，临淄太校在都市酒楼设置酒宴，邀请了韩翃，韩翃前去赴宴。但在酒宴之上，却闷闷不乐。在座的宾客问道："韩员外风流倜傥，从来都没见您这副模样，今日为何表现得如此凄惨呢？"韩翃就把自己和柳氏的前前后后都说了出来。宾客中有一虞侯将，叫许俊，年少，又多喝了些，听到韩翃的话，猛地站起来说："咱们兄弟都自诩讲义气，我来帮您，希望能拿到您的亲笔书信，我当立刻为您解决此事。"在座之人听了这一番话，都极为赞赏。韩翃看到这种情况，不得已给了许俊自己的亲笔信。许俊拿到之后，马上装备妥当，骑着一匹马，又牵着另一匹马疾驰而去，径直来到沙吒利的府第。正好赶上沙吒利外出未归，许俊就进了内宅，对柳氏说："沙将军从马上掉了下来，伤得很重，快不行了，派我请柳夫人赶紧过去。"柳氏惊恐地跑了出来，许俊随即就把韩翃的亲笔书信拿给她看，随后又扶着柳氏上了马，飞驰而去。回到酒宴上，还未坐稳，许俊就把柳氏交给了韩翃，说："很荣幸不辱使命。"一座之人都惊叹不已。因为当时沙吒利刚刚立过大功，唐代宗正在重用他。所以满座之人都非常害怕事发而大祸临头，就一同去谒见侯希逸，跟他说明了事情的始末。侯希逸听了，非常激动，抚着胡须，扼腕而叹："这正是我往日所为，许俊竟然也能做到。"侯希逸立刻上表，向皇上奏明此事，陈述沙咤利的罪行。唐代宗赞叹良久，御批道："赐沙咤利绢二千匹，将柳氏归还给韩翃。"

此事之后，韩翃闲居了十年。后来宰相李勉镇守边关，韩翃又做了他的幕僚。当时韩翃年岁已大，与他同为幕僚之人都是新来的年轻人，都不了解韩翃，只知道他那首所谓的"恶诗"《寒食》。韩翃郁郁寡欢，很是不得意，大多时候都称病在家。只有一个姓韦的低级巡官，知道韩翃是知名人士，与他交好。一日，夜半之时，韦巡官急叩韩翃家门。韩翃走出门来，他立即恭贺道："员外，您被任命为驾部郎中、知制诰。"韩翃非常惊讶，说："必无此事，你一定是弄错了。"紧接着，韦巡官进门坐下说："官署中有书状说，知制诰一职空缺一人，中书两次将晋谒人员的姓名禀报给皇帝，但皇帝并没有用御笔批注是哪一个，中书只好再次奏请皇帝，并请皇帝给予圣旨说明。当时德宗皇帝只批示说'给韩翃'，但当时有两个韩翃，同名同姓，另外一个在江淮做刺史，而名单上两个人的名字又都有。于是皇帝再次指示说：'春城无处不飞花，寒食东风御柳斜。日暮汉宫传蜡烛，轻烟散入五侯家。'又批示说：'给写此诗的韩翃。'"说完这些话，韦巡官再次道贺："这不正是员外您的诗吗？"韩翃答道："正是。"他这才知道韦巡官说的都是真的，并未弄错。天刚亮时，李勉与同僚都来到韩翃家祝贺，这件事发生在建中初年。

自此，韩翃便一直在京城做官。开成年间，我辞去梧州的官职，当时有一位旧日大梁的将军赵唯，是岭外刺史，快九十岁了，但耳聪目明，路过梧州之时，说起了大梁的往事，所说的话应该是真实的。他说的这些事，都是他亲眼所见，所以我记录在这里。

三鬟女子

康骈

原文

京国豪士潘将军，住光德坊。忘其名，时人呼为"潘鹃碑"也。本居襄汉间，常乘舟射利①，因泊江壖②。有僧乞食，留之数日，尽心檀施。僧归去，谓潘曰："观尔形质器度，与众贾不同。至于妻孥已来，皆享巨福。"因以玉念珠一穿留赠，云："宝之，不但通财，他后亦有官禄。"既而迁贸数年，藏镪巨万，遂均陶朱。其后职居左广，列第京师。常宝念珠，贮之以绣囊玉合，置之于道场内。每月朔则出而拜之。一旦，开合启囊，已亡失珠矣，然而缄封若旧，他物亦无所失。于是夺魄丧精，以为其家将破之兆。

有主藏者，尝识京兆府停解所由王超，年且八十

《三鬟女子》出自康骈撰《剧谈录》，宋李昉录于《太平广记》卷一百九十六豪侠四，改题为"潘将军"。

① 射利：谋取钱财。

② 江壖：江边之地。

已。因密话其事。超曰："异哉，此非攘窃之盗也，某试为寻之，未知果得否。"超他日因过胜业坊北街，时春雨新霁，有三鬟女子，年可十七八，衣装蓝缕，穿木屐，立于道侧槐树下。值军中少年蹴鞠，接而送之，直高数丈，于是观者渐众，超独异焉。及罢，随之而行，止于胜业坊北门短曲。有母同居，盖以纫针为业。超异时因以他事熟之，遂为甥舅。然居室甚贫，与母同卧土榻，烟爨不动者，往往经于累日。或设肴羞，时有水陆珍异。吴中初进洞庭橘子，恩赐宰臣外，京辇未有此物。密以一枚赠超，云有人从内中交将出。而禀性刚决，超意甚疑之。

如此往来周岁矣。超一旦携酒食，与之从容，徐谓之曰："舅有深诚，欲告外甥，未知如何。"女曰："每感重恩，恨无所答，若力有可施，必能赴汤蹈火。"超曰："潘将军失却玉念珠，不知知否。"女子微笑曰："从何知之？"超揣其意，不甚密藏，又曰："外甥可寻觅，厚备缯彩酬之。"女子曰："勿言于人，某偶与朋侪为戏，终却还与，因循未暇。舅来日诘旦，于慈恩寺塔院相候，某知有人寄珠在此。"

超如期而往，顷刻至矣。时寺门始开，塔户犹锁。女子先在，谓超曰："少顷仰观塔上，当有所见。"语讫而去，疾若飞鸟。忽于相轮上举手示超，欻然[3]携珠而下，谓超曰："便可将还，勿以财帛为意。"超径诣潘，具述其事。因以金玉缯锦，密为之赠。明日访之，已空室矣。

冯缄给事，常闻京师多任侠之徒。及为尹，密询左右。引超具述前事。访潘将军，所说与超符同。

③ 欻然：快速地。

③ 欻然：快速地。

译文

京都长安有位豪放的任侠之士潘将军，住在光德坊。我忘了他的名字，只记得人们都叫他"潘鹘硉"。他原本是住在襄阳、汉口一带，经常乘船做点儿生意赚钱，便把船停泊在江边之地。有一次，有个和尚来乞食，潘将军收留他好几日，尽心尽力地向他布施。那和尚将要离开的时候，对潘将军说："我看你的外表和气质，与其他商人不同。至于你的妻子和孩子，从其相貌上看，皆是享大福之人。"说完，这和尚就拿出一串玉念珠留赠给潘将军，又说道："你要把这宝贝好好收藏，不但能让你享尽财富，他日还能让你当官。"此后不久，潘将军又迁往别处去做生意，赚得巨万资财，可与古代富商陶朱公相比。后来，他又

在禁军中的左军中当了将军，在京城还有了府邸。因此，潘将军把玉念珠当作至宝来看待，把它装在玉盒中，又把玉盒放在了绣囊里，供奉在道场中。每月初一，他都会把念珠拿出来向它叩拜。又到了初一这一天，潘将军再次打开绣囊，突然发现那串玉念珠不见了，但绣囊和玉盒没有打开的痕迹，其他的东西也没有丢失。念珠丢失后，潘将军失魂落魄，认为这是家业破败的征兆。

有一个主管库藏财物的人，认识京兆府停解所的王超，将近八十岁了。于是，这人就与王超密谈了此事。王超听后，说："真是怪事！这不是一般偷窃财物的盗贼所为，我会试着找一找，但不知道能否找得到。"一日，王超有事经过胜业坊北街，当时春雨初停，天刚放晴，有一个头梳三鬟的女子，年纪十七八岁，衣衫褴褛，脚穿木屐，站在路边的槐树下。当时有军中的少年玩蹴鞠，蹴鞠滚到女子的面前，女子接过蹴鞠，直接踢出，蹴鞠被踢得有数丈之高，这引起了围观人的注意，观看的人越来越多，只有王超感到很奇怪。等到蹴鞠比赛结束，王超便跟在这三鬟少女的后面，一同前行，直到胜业坊北门的一个小巷子才停下来。王超看到这女子和母亲一同居住，大概是以缝纫为业。后来，王超因为别的事情与这女子相熟起来，将她认作了外甥女。奇怪的是，女子住处贫寒，与母亲同卧于土榻之上，往往接连好几日都不开火做饭，但有时家中摆满美味佳肴，甚至会有珍禽异兽和海鲜。吴中新进贡的洞庭橘子，除了被恩赐给宰辅大臣之外，京都中从来没有出现过。但那女子偷偷地赠给王超一枚，还说这是有人从皇宫中带出来的。那女子禀性刚毅，有决断，种种行为都让王超非常怀疑她。

如此，王超与这三鬟女子来往了一年。一日清晨，他带着酒菜来到这女子家，与之周旋。王超慢慢地对女子说："舅舅有一件心事，想要对你说，不知道可不可以。"女子说："我深深感到你对我们的大恩大德，遗憾的是不知如何报答。如果有事能帮上忙，那么我一定会赴汤蹈火。"王超说："潘将军丢失了一串玉念珠，不知你是否知道此事？"女子微笑着说："我怎么会知道？"王超揣测那女子的意思，也不是十分想隐藏这个秘密，便说道："如果外甥女你能够找得到，我们会准备很多的彩色丝绸来酬谢。"女子回答："千万不要告诉别人，我是偶然与朋友闹着玩的，终究还是要还回去的，只是一直没有空闲时间罢了。舅舅你明日清晨在慈恩寺的塔院等着，我知道会有人把那串玉念珠寄放在那儿。"

王超按照约定的时间去往慈恩寺塔院，一会儿就到了。那时，寺院的门刚刚打开，宝塔的门还锁着。那女子先到了，看见王超后，说："一会儿你向塔顶上看，就会看见。"说完这话，那女子就如同飞鸟般疾驰而去，忽然就出现在宝塔的相轮上，举起手向王超示意，然后快速地携珠串跳下。她对王超说："现在就把玉念珠还给潘将军，不要再说什么以财帛相酬谢的话了。"王超直接去潘将军府第，把玉念珠还给了他，详细地述说了事情的经过。潘将军要以金玉丝绸相赠，让王超悄悄送去。第二日，王超再去那三鬟女子家时，已经人去楼空。

给事中冯缄经常听说京城长安中有很多侠义之士，等到做了京兆尹，就悄悄地向手下询问。其手下召来王超，说起了之前发生的玉念珠之事。冯缄又就此事去询问潘将军，他所说与王超所说并无二致。

田膨郎

康骈

原文

文宗皇帝常持白玉枕，德宗朝于阗国①所献，追琢奇巧，盖希代之宝，置于寝殿帐中。一旦忽失所在。然而禁卫清密，非恩泽嫔御，莫能至者。珍玩罗列，他无所失。上惊骇移时，下诏于都城索贼。密谓枢近及左右广中尉曰："此非外寇入之为盗者，当在禁掖。苟求之不获，且虞他变。一枕诚不足惜，卿等卫我皇宫，必使罪人斯得。不然，天子环列，自兹无用矣。"内官惶栗谢罪，请以浃旬②求捕。大悬金帛购求，略无寻究之所。圣旨严切，收系者渐多，坊曲闾巷，靡不搜捕。

有龙武二番将军③王敬宏，尝蓄小仆，年甫

《田膨郎》出自康骈撰《剧谈录》，宋李昉录于《太平广记》卷一百九十六豪侠四。

① 于阗国：唐朝时期西域的一个小国。

② 浃旬：一旬，十天。

十八九，神彩俊丽，使之，无往不届。敬宏曾与流辈于威远军④会宴，有侍儿善鼓胡琴，四座酒酣，因请度曲，辞以乐器非妙，须常御者弹之。钟漏已传，取之不及，因起解带。小仆曰："若要琵琶，顷刻可至。"敬宏曰："禁鼓才动，军门已锁，寻常汝岂不见，何言之谬也！"既而就饮，数巡，小仆以绣囊将琵琶而至，座客欢笑，曰："乐器本相随，所难者，惜其妙手。"南军去左广，回复三十里，入夜且无行伍，既而倏忽往来，敬宏惊异如失。时又搜捕严紧，意以为窃盗疑之。

宴罢及明，遽归其第，引而问曰："使汝累年，不知趫捷如此。我闻世有侠客，汝莫是否？"小仆谢曰："非有此事，但能行尔。"因言父母俱在蜀中，顷年偶至京国，今欲却归乡里。有一事欲以报恩，偷枕者已知姓名，三数日当令伏罪。敬宏曰："如此，即事非等闲，因兹令活者不少，未知贼在何许，可报司存掩获否？"小仆曰："偷枕者田膨郎也。市鄽军伍，行止不恒，勇力过人。且善超越，苟非伺便折其足，虽千兵万骑，亦将奔走。自兹再宿，候之于望仙

③ 龙武二番将军：左右龙武将军，唐代禁军将领，左右龙武军的统帅。

④ 威远军：唐置，在荣州（今四川荣县）。

门，伺便擒之必矣。将军随某观之，此事仍须秘密。"

是时涉旬无雨，向晓埃尘颇甚，车马践踏，跬步间人不相见。膨郎与少年数辈，连臂将入军门，小仆执球杖击之，欸然已折左足，仰而观之曰："我偷枕来，不怕他人，惟惧于尔。既而相值，岂复多言！"于是舁至左军，一款而伏。上喜于得贼，又知获在禁旅，引膨郎临轩诘问，具陈常在宫掖往来。上曰："此乃任侠之流，非常窃盗。"内外因系数百，于是悉令原之。小仆初得膨郎，已告敬宏归蜀，于是寻之不可，但赏敬宏而已。

译文

唐文宗皇帝常常把玩一只白玉枕，那是德宗朝于阗国进献的。这只玉枕雕刻得非常精巧而新奇，是稀世之宝。文宗皇帝把它置于寝殿帐中。一日清晨，这只玉枕忽然不见了。可是宫中禁卫森严，除了受到宠幸的嫔妃，其他人是不能到这里的。其他放置于此的宝物都没有丢失，只丢失了这只玉枕。文宗皇帝惊慌失措了一段时间，下令在京城抓捕盗贼，又悄悄地对身边的重要臣属及左右广中尉说："这不是宫外之人盗窃所为，应该是熟悉宫内之人所为。如果查不出来，预计还会有其他的事情发生。一个玉枕丢失了，实在算不得什么，但你们

是保卫我皇宫的人，一定要让这盗贼受到惩罚。不然，你们空有护卫天子之名，也就没有什么用处了。"听到这些话，下面的官员惶恐不安，纷纷向皇帝谢罪，请求给予十天时间去抓捕盗贼。他们重金悬赏抓捕盗贼之人，但还是毫无线索。圣旨越加严厉急切，被逮捕监禁的人渐渐多了起来，长安的大街小巷都搜寻过了，玉枕依然没有踪迹。

当时有一位龙虎二番将军，名叫王敬宏，家中收留过一个年轻的仆役，十八九岁，神采相貌非常俊俏，让他做什么事情，没有做不到的。王敬宏曾经与同辈一起去威远军参加宴会。宴会上有一个婢女，善弹胡人乐器，满座宾朋都喝得尽兴畅快之时，请她弹奏一曲，这婢女因为乐器不好而推辞，说是需要自己经常弹的那把琵琶。但此时更鼓已响，时间已到，再回去取琵琶已来不及了，大家都要准备休息了。只听王敬宏身边的一个小仆说："若要琵琶，我马上就给拿来。"王敬宏说："报时的更鼓已敲，军营大门也已锁上，平常没见你有如此能耐，你这话太荒谬了！"说完这话，王敬宏又开始和同辈喝起酒来。他们喝了几巡，那小仆用绣囊装着琵琶就回来了。满座宾客都高兴地说："这乐器原本就带在身边哪！这真是难以做到的事，可惜了，竟有如此技艺高超之人。"从威远军营到左广军营，来回三十里，入夜之后又没有军队，那小仆片刻之间去而复返，王敬宏大为惊愕。当时各地搜捕盗贼又很紧，这小仆不知是如何做到的。王敬宏开始怀疑这个小仆其实就是盗贼。

宴会结束之后，天就亮了，王敬宏马上带人回到了自己的府第，招来小仆问道："你跟了我多年，做我的仆人，我却不知你的身手如此敏捷。我听闻这世上有侠客，难道你就是吗？"那小仆推辞说："没有这样的事，我只不过是在行走方面有些能耐而已。"他又说，他的父母都在蜀中，有一年偶然来到京城，现在想要回乡，他有一件事想要告诉王敬宏来报答他的恩德。他还说他已经知道偷玉枕的人是谁了，几日内就会让他伏法。听了这话，王敬宏就说："原来是这样，但此事并非一般小事，你告诉我，就可以让很多人不至于丢了性命。不知道那盗贼在哪儿，可以报告有司去抓捕吗？"小仆这才回答说："偷玉枕的人叫田膨郎。他混迹在市井和军队里，行踪不定，勇猛过人。他还习武，善于腾跃，如果不等待时机打断他的腿，即使有千军万马，也是抓不住他的，他还是会跑掉。他会一连休息两宿，你们就在望仙门等着，等待机会，就一定能抓住他。将军您随我去看，但这件事还是需要保密。"

当时十天没有下雨了，天刚亮时，道路上便尘土飞扬，再加上车马践踏，半步之内都看不见人影。田膨郎与几个年轻人，胳膊挽着胳膊，刚要一起走进军营大门，小仆立即拿着击球杖去攻击他，一下子打折了田膨郎的左腿。田膨郎望着小仆说："我偷那玉枕，不怕他人，就怕你。既然相遇，还能再多说什么？"就这样，田膨郎被抬到左军中，立刻就招供伏法了。文宗皇帝听到抓到盗贼的消息，非常高兴，又知道是在禁军中被抓获，就将田膨郎召至郎临轩审问。田膨郎招供说他经常在宫中来往。文宗皇帝说："这才是有气节的侠义之士，不是普通的盗贼。"皇帝命令释放了因此事受到牵连的数百人。那小仆抓到田膨郎之后，就向王敬宏告辞回蜀地了，因此寻他不得，皇帝只能奖赏王敬宏一个人了。

张季弘

康骈

《张季弘》出自康骈撰《剧谈录》。

原文

咸通中有左军张季宏，勇而多力。尝雨中经胜业坊，遇泥泞深隘。有村人驱驴负薪而至，适当其道。季宏怒之，因捉驴四足，掷过水渠数步，观者无不惊骇。后供奉襄州，暮泊商山逆旅，逆旅有老妪，谓其子曰："恶人将归矣，速令备办茶饭，勿令喧噪。"既而愁愤吁叹，咸有所惧。季宏问之，妪曰："有新妇悖恶，制之不可。"季宏曰："向来见妪忧恐，有何事若是？新妇岂不能共语？"妪曰："客未知仔细。新妇壮勇无敌，众皆畏惧，遂至于此。"季宏笑曰："其他则非某所知，若言壮勇，当为主人除之。"母与子遽叩头曰："若此，则母子无患矣。虽然穷阙，当为酬赠。”顷之，邻伍乡社，悉来观视。

日暮，妇人负束薪而归，状貌亦无他异。逆旅后圃有盘石，季宏坐其上，置骡鞭于侧，召而谓曰：“汝是主人新妇，我在长安城即闻汝倚有气力，不伏承事阿家[1]，岂敢如此！”新妇拜季宏曰：“乞押衙不草草，容新妇分雪。新妇不敢不承事阿家，自是大人憎嫌新妇。”其媪在傍谓曰：“汝勿向客前妄有词理。”新妇因言曰：“只如某年月日如此事，岂是新妇不是？”每言一事，引手于季宏所坐石上，以中指画之，随手作痕，深可数寸。季宏汗落神骇，但言道理不错，阖扉假寐，伺晨而发。及回问之，新妇已他适[2]矣。

[1] 阿家：丈夫的母亲。

[2] 适：女子嫁人。

译文

唐代咸通年间，左军中有个人叫张季宏，勇猛而有力。一个雨天，他经过胜业坊时，遇到一个泥泞不堪的深渠。正好一个农夫赶着一头驴，拉着一车柴薪来到此处，驴车过不去，还挡住了中间的道路。张季宏对此很生气，两手握住驴子的四个蹄子，一下子将它扔到深渠的另一侧，有数步之远。看到此情此景，旁边的人都惊骇不已。后来，张季宏去襄州祭祀祖先途中，天色已晚，就在商山的客栈中留宿。客栈中有一老妇人，对她的儿子说："那个恶人快回来了，快快令人准备好茶饭，不要让他们喧哗、聒噪。"过了一会儿，那老妇又表现得忧愁愤怒，长吁短叹，非常害怕。张季宏问这老妇人原因。老妇人答道："新媳妇霸道凶恶，又不能被制服。"张季宏说："刚才就看见您忧虑害怕，有什么事能让您如此这般？您跟新媳妇难道说句话都不行？"老妇人回答："客官您不知道详细的情况，那新媳妇长得很壮实，又勇猛无敌，别人都很怕她，所以就到了如此地步。"张季宏大笑道："其他的我不知道，如果说她很壮实，又勇猛，您不用担心，我会帮您解决。"老妇人和她的儿子连忙叩头说："如果是这样，那我们母子俩就不愁了。虽然我们家穷乏，不富裕，但也会重重地酬谢您。"说完话的一会儿工夫，邻近村里的人听说了，就都来看看张季宏是如何制服那悍妇的。

日暮时分，新媳妇背着一捆柴火回到家。看她相貌，也没有什么特别。客栈的后园中有一块大石头，张季宏坐在上面，把骡马的鞭子放在身边，招来新媳妇问："你是这家客栈的新媳妇，我在长安城就听说你仗着有一把力气，便不甘心侍奉婆婆，你怎么敢如此？"新媳妇听说后，向张季宏行了拜礼，说："恳请侠士不要草率行事，请容我辩白。新媳妇不敢不侍奉婆婆，而是他们憎恶我。"那老妇人在旁边听了新媳妇的话，说："你不要在客官面前强词夺理！"新媳妇举例说道："单说某年某月某日，像这样的事，难道是我的错吗？"每说起一件事，她就伸手指向张季宏所坐的石头上，用中指在上面画一道，随手就画出一道印痕，深达几寸。张季宏吓得冷汗都冒了出来，只是说新媳妇说得有道理。当天晚上，张季宏关上房门，却怎么也睡不着觉，打了一宿的瞌睡，只等天亮就离开客栈。他祭祀完返回，再次路过这家客栈时，却看不见那新媳妇了，一问才知道，她已经嫁给别人了。

崔涯张祜

严子休

严子休

原文

进士崔涯、张祜下第后，多游江淮。常嗜酒，侮谑时辈。或乘饮兴，即自称侠。二子好尚既同，相与甚洽。崔因醉作《侠士诗》云："太行岭上三尺雪，崔涯袖中三尺铁。一朝若遇有心人，出门便与妻儿别。"由是往往播在人口，曰："崔、张真侠士也。"以此人多设酒馔待之，得以互相推许。

一旦，张以诗上牢盆①使，出其子，授漕渠小职，得堰，俗号"冬瓜"。②人或戏之曰："贤郎不宜作等职。"张曰："冬瓜合出祜子。"戏者相与大哂。

后岁余，薄有资力。一夕，有非常人，装饰甚武，腰剑手囊，囊中贮一物，流血于外。入门谓曰："此

《崔涯张祜》出自严子休撰《桂苑丛谈》，宋李昉录于《太平广记》卷二百三十八诡诈。

① 牢盆：借指盐政或盐业。

② 原文注"张二子，一椿儿，一桂子，有诗曰'椿儿绕树春园里，桂子寻花夜月中'"。张祜的两个儿子，一个叫椿儿，一个叫桂子，有诗句说的就是这两个儿子："椿儿绕树春园里，桂子寻花夜月中。"

非张侠士居也？"曰："然。"张揖客甚谨。既坐，客曰："有一仇人，十年莫得，今夜获之，喜不可已。"指其囊曰："此其首也。"问张曰："有酒否？"张命酒饮之。饮讫，客曰："此去三数里，有一义士，余欲报之，若济此举，则平生恩仇毕矣。闻公气义，可假余十万缗。立欲酬之，是余愿矣。此后赴汤蹈火，为狗为鸡，无所惮。"张且不吝，深喜其说，乃抉囊烛下，筹其缣素中品之物，量而与之。客曰："快哉，无所恨也。"乃留囊首而去，期以却回。

及期不至，五鼓绝声，东曦既驾，杳无踪迹。张虑以囊首彰露，且非己为，客既不来，计将安出？遣家人将欲埋之，开囊出之，乃豕首矣。因方悟之而叹曰："虚其名，无其实，而见欺之若是，可不戒欤！"豪侠之气自此而丧矣。

译文

进士崔涯、张祜当年科考落榜，经常在江淮一带游历。他们喜欢喝酒，酒醉之时就会耍笑捉弄当时有名的人物，有时会乘着酒兴自称侠义之士。这两个人的喜好相同，相处得非常融洽。崔涯在醉酒之后，写了一首《侠士诗》："太行岭上三尺雪，崔涯袖中三尺铁。一朝若遇有心人，出门便与妻儿别。"此诗流传之后，人们常常说："崔涯、张祜是真正的侠士啊！"因此，这些人经常设酒宴招待二人，相互推崇赞许。

一天，张祜向管理盐政的牢盆使献了一首诗，还把儿子带了过来。牢盆使看了这首诗，就给了张祜的儿子一个漕渠小职，管理一段堤坝。这段堤坝，人们称它为"冬瓜"。有的人嘲笑张祜说："令郎不应该担任这么小的职务哇！"张祜也自嘲说："像冬瓜这样的堤坝，就该由我儿子来管理呀！"

一年多后，张祜家中稍稍有了一些财力。一天晚上，他家里来了一个特别的人，修饰打扮都像一个侠士，腰里别着剑，手中拿着一个行囊，囊中还装有一物，鲜血流出了囊外。这人刚走进门，就问张祜："这里是张侠士的住处吗？"张祜回答："是。"他非常恭敬地请这位客人进了屋，入了座。那客人坐好后，说道："我有一个仇家，找了十年都没找到，今天晚上终于如了愿，找到并且杀了他，我高兴得不得了。"他指着行囊说："这就是他的首级。"他又问张祜："有没有酒？"张祜命人拿酒来让他喝。喝完酒，那客人说："离此处三里多的地方，有一侠义之士，曾经对我有恩，我想要报答他对我的大恩。如果能报答这恩德，那么我平生的恩怨就结束了。我听说您有侠义之气，可否借我十万缗钱？我想要马上报答他，这就是我的愿望。此后，我将为您赴汤蹈火，在所不辞。"张祜也不小气，对这人说的话非常高兴，就在烛光下找到自己的行囊，筹集书画中中品以上等级的值钱之物，估量着大概够十万缗钱了，便都给了他。那客人说："真爽快呀！我没有什么可遗憾的了。"他留下装有仇人首级的行囊，与张祜约定报恩之后就回来，然后头也不回地走了。

等到了约定好的日期，那客人始终没有回来。那天，张祜一直等到敲完五鼓，太阳将要落下，那客人依然没有前来。张祜心想，那人留下的仇人首级，如果被人发现，会连累自己。那人既然不来，能有什么办法呢？张祜让家人准备把那颗人头埋起来。可是，打开行囊一看，哪里是人头，分明是已经腐烂的猪头哇！张祜这才醒悟，叹道："真是虚有豪侠之名，没有豪侠之实，竟然被这种人欺骗！怎么能不防备呢？！"此事之后，张祜的豪侠之气顿时消散了。

图书在版编目（CIP）数据

唐模样 /（唐）薛用弱等著；曾雪梅编选；周璇译注. ——
北京：现代出版社，2022.7

ISBN 978-7-5143-9901-1

Ⅰ.①唐… Ⅱ.①薛… ②曾… ③周… Ⅲ.①传奇
小说－小说集－中国－唐代 Ⅳ.①I242.1

中国版本图书馆CIP数据核字(2022)第063963号

唐模样

作　　者：[唐] 薛用弱等著；曾雪梅编选；周璇译注
责任编辑：姚冬霞
出版发行：现代出版社
地　　址：北京市安定门外安华里504号
邮政编码：100011
电　　话：010-64267325 64245264（兼传真）
网　　址：www.1980xd.com
印　　刷：北京瑞禾彩色印刷有限公司
开　　本：710mm×1000mm　1/16
印　　张：16
字　　数：150千字
版　　次：2022年7月第1版　2022年7月第1次印刷
书　　号：ISBN 978-7-5143-9901-1
定　　价：65.00元